ちくま学芸文庫

三島由紀夫 薔薇のバロキスム

谷川 渥

JN090267

筑摩書房

三島由紀夫　薔薇のバロキスム ✣ 目次

三島由紀夫　薔薇のバロキスム

序　昭和四十五年十一月二十五日

三島由紀夫が壮烈な自死を遂げてから早くも半世紀が過ぎた。

昭和四十五年（一九七〇年）十一月二十五日午前十時四十五分、三島は二年前の十月にみずから結成した私兵組織「楯の会」の隊員四名、森田必勝、小川正洋、小賀正義、古賀浩靖とともに、東京市ヶ谷の陸上自衛隊東部方面総監部に、あらかじめ十一時の面会の約束を取っていたようだが、三島所有の名刀「関の孫六」を総監にお見せするなどの口実で乗り込み、談話の途中で総監を縛り上げ、そして三島の要求によって中庭に集められた一千名ほどの自衛隊員たちを前にバルコニーの上から十五分足らずの演説を試み、そのあと総監室に戻って総監の面前で用意していた小刀によって割腹自決した。森田必勝が「関の孫六」による介錯を二度にわたって試みたが成功せず、古賀浩靖による三度目の介錯によって完遂された。そして森田も三島のあとを追って自裁し、同じく古賀によって介錯された。正午過ぎのことである。

ちなみに市ヶ谷のこの場所は、戦後、昭和二十一年から二十三年にかけて、極東国際軍事裁判（The International Military Tribunal for the Far East）、連合国が「戦争犯罪人」として指定した日本の指導者などを裁いた一審制の軍事裁判、いわゆる東京裁判の舞台となったところである。この裁判の結果、七名が死刑になった。


この日、三島が自衛隊に乱入したらしいとの報を、私は東京大学本郷キャンパスで知った。私は文学部美学芸術学科に所属する学生だった。じつは精神病理学的ないし現象学的な心理学への漠然たる興味から心理学科にいったん進学していたが、講義内容の実態はほとんど知覚心理学と行動主義心理学を主体とするもので、我慢できずに一年ほどで美学芸術学科に転科していたのだ。

前年、昭和四十四年五月十二日には三島が駒場キャンパスに来るという出来事があった。マスコミなどで「三島対全共闘」として大いに喧伝されたが、私は主体的に関わっていなかったので確言できないけれども、このとき「全共闘」すなわち「全学共闘会議」なるものの実態はほとんど有名無実化・空洞化していたのではなかったか。私は会場に行かなかった。三島が来るというので、学生たちはなにやらお祭り気分で会場となった900番大教室に蝟集したのであり、もとよりそうした集団性にいささかうんざりしていた私はとてもその一員に加わる気にはなれなかった。実際、この原稿を書くにあたって、私は「三島由紀夫VS東大全共闘　50年目の真実」なるドキュメンタリー・フィルムを初めて観たが、当時の予想とほとんど違わず、そこではポロシャツから逞しい腕を覗かせた三島の冷静で誠実な言葉と態度ばかりが際立って、一定の礼節というか抑制的雰囲気のなかで嚙み合わないままにかろうじてパフォーマンスの持続的場が成立し、結局ほとんどまったく真の「対決」になっていないという印象を覚えたことだけを書くにとどめておこう。なお駒場の大教室に蝟集した千人ほどの学生は、もとより主催者側は別にして、じつのところ「全共闘」を実質的に構成していたわけではない。物見高い三島ファンが集まっただけである。三島はこのあとに「砂漠の住民への論理的弔辞――討論を終へて」という、まさにこの「討論」を的確に要約する文章をしたため、これを「愉快な経験」だったと始めている。

転科したものの私は美学芸術学なるものの内実がわかっていたわけではない。実学に対して虚学、あるいは「役に立つ」に対して「役に立たない」などとしばしば二元論的に世に言われていた文学部一般のディシプリンのなかでも確かにとりわけ役に立ちそうにもない、美や芸術についての哲学的思弁といったほどの曖昧な認識くらいしかなく、また当時三島について必ずと言っていいほど冠せられていた「美学」という言葉になにか釈然としない思いを抱きながらも、それを避けては通れぬ一つの課題のようにも思われ、あえて美学科への転科を選んだのだった。

生前の三島論として強い印象を覚えていた服部達『われらにとって美は存在するか』（審美社、昭和四十三年）と磯田光一『殉教の美学』（冬樹社、昭和三十九年）の二冊の著書の影響もあったかもしれない。服部達は、くだんのエッセイを雑誌『群像』に発表した翌年、昭和三十一年に雪の八ヶ岳山麓に姿を消し、その半年後に死が確認された。三十三歳の若さでみずから命を絶ったわけだが、彼は「作品の内在的価値」を強調し、その認識と評価のために「美学」という視点を要請していた。そして磯田光一は、「「死」を不可避の宿命として合理化せざるをえない運命を、はじめから背負わされていた」として、ひたすら自死を志向する「三島美学の根底」をほとんど予言のようにかたどっていたのである。

ユイスマンスの『さかしま』（一八八四年）が桃源社「世界異端の文学」の一冊として澁澤龍彥訳で出たのが昭和四十一年。すでに昭和三十七年に同じ書肆からその豪華本が出ており、三島はいちはやく「デカダンスの聖書」なる書評（『東京新聞』夕刊、昭和三十七年九月十九日）を書いていたが、私が読んだのは昭和四十一年版である。そこに見える、「他人のなかに、みずからの抱けると同様の渇望や憎悪を発見するなどは、到底望み得べからざることであり、頽廃的な学究生活に喜びを見出す、自分と同じような知性にめぐり合うことなども、絶対に望み薄であった」という言葉に私はいたく感激し、この時代にあえて「頽廃的な学究生活」を志向しようという不遜な思いもないわけではなかったのである。

三島が割腹自決を遂げたらしいとの事件の報は、ほとんど同時的に広まり、いち早くそれを聞いた一人の学友が私に知らせてくれた。文学部の午後の授業は、通常どおりに行なわれたものもあったが、いくつかは取りやめになったと記憶する。興奮したわれわれは、学生も一部の教師も、集まって語り合った。なにを話したのか、いまではよく覚えていない。衝撃だった。言葉にならないほどの衝撃だった。

確か朝日新聞の号外が出た。興奮も冷めやらぬまま大学からの帰途、本郷三丁目の地下鉄の駅前で夕刻に私はその号外を手にした。その一面に、胴体から斬り離された三島の首が部屋のなかにころがっている写真が載っていた。記者が窓から撮ったもののように見えた。私の記憶では三島の首だけが写っている写真のようだったが、私はそれを長く見るに耐えず貴重な号外をすぐに捨ててしまったのが、いまでは悔やまれる。かなり後になってから、とりわけ外国のメディアなどを通じて私が見ることができるようになった写真では、部屋の隅に三島と森田の首がきちんと並べられていたが、これはそのとき私が見たとおぼろげに記憶する号外の写真とはどうしても別のものにしか思えない。そのとき三島の首の印象だけが強烈に目に飛び込んできたためかもしれない。

当時の首相、佐藤栄作は、三島の気が狂ったとしか思えないと言い、「天才と気違いは紙一重というが、ボクやキミらはよかったな」と記者たちに語った（『読売新聞』朝刊、一九七〇年十一月二十六日、「「11・25」ドキュメント」）。このように彼は気が狂ったのかというのが驚きとともにまず生じた一般的反応だったように思う。しかし、三島は本気だったのだ、私はそう思った。いや、結局ほとんど誰もがそう思うようになったのではないか。それまでの奇矯な、と言っていい彼のすべての行動、すべてのパフォーマンスが、その「死」の一点に向かって収斂した。

三島はその一年前、昭和四十四年十一月三日に、楯の会結成一周年を記念して、皇居を取り囲むお堀そばの国立劇場の屋上で記者会見と、そして独自にデザインされたカーキ色の軍服に身を包んだ楯の会の八十余名の会員たちによる「世界で一等小さな軍隊」のパレードを行なっていた。この出来事はメディアでセンセーショナルに採り上げられたが、これこそが三島の奇矯極まりないパフォーマンス、お遊びの極みと一般に思われたのである。

だがいまや、三島由紀夫のすべて、その作品と行動のすべてが、彼の死の一点から逆照射されねばならなかった。とはいえ、その「死」があまりに強烈だったために、三島が遺した「作品」の影がいっとき薄くなった。少なくとも私にとって、彼の書き物は、その行動と、その帰結の前に色褪せるばかりのように思えた。これはおそらく私だけの現象ではないはずだとも感じたが、しかしじつのところ「読売新聞」のくだんの「ドキュメント」によれば、その著作は爆発的に売り上げを伸ばし、ある書店の情報によれば、なんとすでに当日夕方五時の時点でほとんど「売り切れ」の状態になったという。三島の死をめぐる議論が沸騰した。

三島が突きつけた問題は、しかし、いまだ残されたままである。三島がバルコニーの上から自衛隊員たちに撒いた「檄《げき》」は、自衛隊の存在そのものを否定するような戦後の日本国憲法の改正を目指して自分とともにクーデタを起こすよう呼びかけていた。撒かれた檄は、その場では自衛隊員たちにほとんど読まれようもなかったが、翌日の新聞朝刊にその全文が掲載された。「法理論的には、自衛隊は違憲であることは明白であり、国の根本問題である防衛が、御都合主義の法的解釈によつてごまかされ、軍の名を用ひない軍として、日本人の魂の腐敗、道義の頽廃の根本原因をなして来てゐる」。一九五〇年、昭和二十五年にGHQ（General Headquarters）の要請のもとに警察予備隊（National Police Reserve）として発足し、その四年後に自衛隊（Self-Defense Force）という曖昧な名前に改称されて肥大することになった擬似軍隊は、このまま行けばますますアメリカの属軍になるばかりだ、というわけである。「憲法改正によつて、自衛隊が建軍の本義に立ち、真の国軍となる日のために、国民として微力の限りを尽す以上に大いなる責務はない」と。しかし自衛隊員たちは三島の行動に共感を示すどころか、総監を人質に取った彼の行動に当然といえば当然のように激昂し、バルコニーの下からただ呆然と眺めるか激しくなじるかするだけで、その訴えを聞こうとはしなかった。早くも上空を旋回する新聞社や警察のヘリコプターの音にも邪魔されて、三島の叫びはほとんど聞き取れない状態だった。

三島と森田の自決後、残された楯の会の古賀、小賀、小川の三人は総監を解放するとともに無抵抗のまますぐに逮捕された。二年後の昭和四十七年、被告三名に対して、それぞれ懲役四年という判決がくだされ、そのまま確定した。

三島の主張そのものの正当性が、しかし必ずしも問題なのではない。なによりも問題は、三島がなぜこのような激烈な「死」を選ばなければならなかったかということである。

I　映画『憂国』と音楽

この事件の四年前、私は三島由紀夫に出会ったことがある。東京新宿の映画館アート・シアターで映画『憂国』（昭和四十年制作）が封切られていたときだ。昭和三十七年から四十九年まで、わずか十数年の営業期間だったが、まぎれもなくこの時代の文化の渦の一つとなっていたこの小さな映画館で、フランスの都市トゥールで開催された国際短篇映画祭で評判になりながらグランプリを逸した三島の原作・脚色・監督・主演の映画のいわば「凱旋上映」が行なわれていたのである。成人指定の三十分足らずのこの映画は、ルイス・ブニュエル監督の『小間使いの日記』（一九六四年）との併映というかたちで公開された。満員の観客だったと記憶する。

短篇小説『憂国』（昭和三十六年）は、仏訳で《Patriotisme》、英訳で《Patriotism》となっているけれども、愛国「国を愛する」と憂国「国を憂う」とでは意味がちょっと違う。正確に翻訳するのが難しい。「憂国」は三島が創り出した言葉ではないが、彼によって一挙に一般化した。映画のタイトルは、より具体的に《Rites d'amour et de mort》と仏訳、《The Rite of Love and Death》と英訳されていた。

これは実際に昭和十一年二月二十六日、三島十一歳の折に起きた、いわゆる二・二六事件、陸軍の青年将校らが千数百名の兵を率いて起こしたクーデタ未遂事件を背景とする物語である。政財界の腐敗を糾弾し、農村の困窮を救うべく、首相官邸を襲い、数名を殺害し、昭和天皇に昭和維新を訴えたが、天皇はこれを拒否、ために彼らは「叛乱軍」となり、結局投降して首謀者は処刑された。

三島の小説は、おそらく新婚であるがゆえにこのクーデタ計画に誘われなかった武山中尉が、自分の親友が裁かれ、軍が分裂する事態を見るに忍びず、その妻とともに自決する場面を扱っている。映画では「愛と死の儀式」と訳されたように、全篇リヒャルト・ワグナーの「トリスタンとイゾルデ」の「愛の死」(Liebestod)のテーマが延々と流れるなか、いっさいセリフなしに、能舞台を思わせるモノクロームの空間で若い二人の肉体が「愛」を演じ、そして武山中尉が割腹自決し、それを見届けた妻が短刀で喉を突いてそのあとを追うという「死」を演じるのである。政治的状況を背景に、しかしその背景をほとんど忘れさせるほどに、エロスとタナトスが、美と死がどのように結びつくかの映像的試みであると言っていい。

それにしても三島がここでワグナーの音楽を選んだことは、いささか特筆すべき事態ではある。彼をワグネリアンと呼ぶことも確かに間違いではないが、しかし一方で彼は音楽嫌いの素振りをも示している。『小説家の休暇』昭和三十年六月二十九日の記述に、「音楽会へ行つても、私はほとんど音楽を享楽することができない」とある。「意味内容のないことの不安に耐へられないのだ」と。そして「人間精神の暗黒な深淵のふちのところで」戯れているような音楽を「生活の愉楽」に数えている人たちの「豪胆さ」に驚かずにはいられないというのである。「音といふ形のないものを、厳格な規律のもとに統制したこの音楽なるものは、何か人間に捕へられ檻に入れられた幽霊と謂つた、ものすごい印象を私に惹き起す」と。喝采する音楽愛好家たちは、檻のなかの猛獣の演技に拍手を送るサーカスの観客と変わりがないとして、三島はこう続ける。

私はビアズレエの描いた「ワグネルを聴く人々」の、驕慢な顔立ちを思ひ出さずにはゐられない。

ビアズレー《ワグナー崇拝者》『イエロー・ブック』より

オーブリー・ビアズレーの版画《ワグナー崇拝者》（一八九四年）を指してのことだろう。音楽界で着飾った淑女たちの、なるほどしたり顔というか「驕慢な」横顔の見える作品ではある。それにしても、ここでビアズレーの版画をいささか唐突に持ち出してくるのは、三島らしいといえばいかにも三島らしい。三島は「オスカア・ワイルド論」（昭和二十五年）のなかで、こう書いている。

私がはじめて手にした文学作品は「サロメ」であつた。これは私がはじめて自分の目で選んで自分の所有物にした本である。この選択には言ふまでもなくビアズレイの挿絵があづかつてゐたが、ビアズレイを選ぶことと、「サロメ」を選ぶこととの間に、そもそもどれだけの逕庭《けいてい》があらうか。

昭和三十五年には、日夏耿之介訳の『サロメ』を文学座において岸田今日子のサロメ役でみずから演出・上演した。そのときの文学座パンフレットに、「オスカア・ワイルドの「サロメ」といふよりも、日夏耿之介とオーブレエ・ビアズレイと私と三人合作の「サロメ」を見ていただきたいといふのが、私の演出プランである」と書いているほどである。

ことほどさようにビアズレーは三島のもっとも親炙《しんしゃ》した美術家の一人と言っても間違いない。ワグナーとビアズレーの接近遭遇も、さほど驚くべきことではないのだ。『裸体と衣裳』の昭和三十三年十月二十四日の「日記」にも、こんな一節がある。「音楽は頭をかきみだす。ああ、甘い、抵抗のない音楽、世間普通の人が休息のためにきくやうな音楽ほどさうだ」

三島文学の徹底的に視覚的な世界、その微視的なまでの観察眼を知る者には、実際、彼が日常的に音楽に浸る姿などまず想像できまい。眼と耳は基本的に背馳するものだろう。昭和四十二年の「誘惑——音楽のとびら」という短いエッセイでは、これを敷衍するように、三島は端的に音楽は「思考を妨げる」と書いている。「私には、音楽の鳴つてゐる部屋で物を考へるなど、狂気の沙汰としか思はれない」と。

三島は、しかし、音楽を否定しているわけではない。むしろ逆である。三島にとって音楽は、喝采したり身を委ねたりすることのできる「生活の愉楽」「生活必需品」でもなければ「休息の楽しみ」でもなく、なによりも「誘惑」である。音楽ほど「今そこにないもの」を強烈に暗示し、そこへ向かって人を惹き寄せるものはないというのである。音楽嫌いどころか、彼は日常世界を超えてはるか高みへと飛翔させる音楽の力を感じとっている。三島が、その作品のなかで、しばしば「音楽」を特別なメタファーとして用いるのも、そのためである。

すでに三島は『岬にての物語』（昭和二十一年）において、海岸の断崖に近い草叢《くさむら》を歩きさまよって「廃屋」を見つけた十一歳の少年が、そのなかから聞こえる「オルガンの音楽」に耳をすます場面を書いている。「オルガンは奥の部屋からきこえるのだが、或る音が不思議な軋りを立て或る音が全くきこえないオルガンはこはれてゐるらしかつたが、それがその音楽に云はうやうのない神秘な感じを与へるのだつた」。この「オルガンの音楽」こそが、この物語の悲劇的な結末、その「神秘」を予感させるわけである。

戯曲『綾の鼓』（昭和二十六年）や『喜びの琴』（昭和三十九年）においては、音楽はあくまでも聞こえぬもの、不可視の観念世界のメタファーであって、仮に誰かに聞こえたとしても、『喜びの琴』の登場人物の一人が言うように、それは恩寵のように

「天からまつすぐに落ちてくる」ものなのだ。

『志賀寺上人の恋』(昭和二十九年)は、『綾の鼓』と同じ主題を扱ったと三島自身が証言している短篇だが、三島はこの作品のモチーフを『太平記』(十四世紀)第三十七巻の記述から借りたこと、そこでは「恋愛と信仰の相剋」が扱われていることを明記している。信仰とは、平安中期以降の浄土信仰のことだが、三島はこれを「一つの巨大な観念世界の発見」と見る。「巨大な観念世界」としてのその「浄土」のありようを、三島は恵心僧都の『往生要集』(九八五年)にもとづいて執拗に描写するが、それがほとんど音楽の隠喩《メタファー》で語られていることに注意しよう。「十の楽」をもってしても浄土をほめたたえるに足りないというのが描写の始まりで、その「十の楽」が逐一列挙される。浄土の土、浄土の道、七宝の机、七宝の鉢、七宝でできた五百億の宮殿楼閣など、視覚的情報もないわけではないが、生き生きとした具体的描写は、すべて音楽に関わっていて、「百宝の色鳥」が昼夜をわかたず歌っているとか、「殿裏楼上の多くの天人は、いつも楽を奏で、如来をたたへて歌つてゐる」とか、「打たざるにおのづから鳴るふしぎな楽器も虚空はるかにかかつてゐる」とか、あるいは「浄土の宝樹を吹く風がおこす微妙な音楽」とか、あたかも浄土は音楽に満ちみちた世界であるかのようだ。この物語の背景にある「巨大な観念世界」は、「まさに今そこにないもの」への「誘惑」として描かれているのである。浄土のために現生を捨てた志賀寺上人が、宮廷の優雅の化身ともいうべき京極の御息所《みやすどころ》を一目見て以来失ったものとはこういうものなのだ。ちりあくたのように思っていた現生の美が、恐ろしい力で上人に復讐する。浮世を捨てたように、上人は御息所のために来世をも捨てるだろう。御息所は上人の背後に地獄を見、かえって強く浄土を念じるというように、浄土をめぐる二人の人物の交わらない確執を暗示するのも、三島ならではの手腕である。

そのタイトルもずばり『音楽』（昭和三十九年）という小説では、主人公の女性に訪れぬ性的エクスタシー、オルガスムスの体験が、「音楽が聞こえない」という逆説的な表現で指示される。「音楽」は、ここでは日常性のうちなる恩寵にも似た非日常性のメタファーということになるだろう。

映画『憂国』において、ワグナーは「驕慢な顔立ち」をした聴衆の「愉楽」の対象ではもちろんない。中尉とその妻との「愛」の場面は、まさに「トリスタンとイゾルデ」の「愛の死」のテーマによってその究極の非日常性が保証されているわけである。三島は「二・二六事件と私」（昭和四十一年）というエッセイにおいてこう語っている。

「憂国」の中尉夫妻は、悲境のうちに、自ら知らずして、生の最高の瞬間をとらへ、至福の死を死ぬのであるが、私はかれらの至上の肉体的悦楽と至上の肉体的苦痛が、同一原理の下に統括され、それによつて至福の到来を招く状況を、正に、二・二六事件を背景にして設定することができた。

そして三島は、こうした「確信」のもとには戦争中に読んだ「ニーチェ体験」があり、さらにまた「エロティスムのニーチェともいふべき哲学者ジョルジュ・バタイユ」への共感があったと書いている。三島が愛読していたというニーチェの『悲劇の誕生』(一八七一年)の正式のタイトルは、「音楽の精神からの悲劇の誕生」であり、しかもこの「音楽の精神」には同時代人ワグナーへの熱烈な共感が込められていた。そもそも『悲劇の誕生』は「リヒャルト・ワグナーへの序言」を巻頭にいただいて刊行されたわけで、バッハからベートーベンへ、ベートーベンからワグナーへのドイツ音楽の歩みに「悲劇の再生」を見てとろうとし、しかもワグナーのくだんの「愛の死」を含む「トリスタンとイゾルデ」第三幕に言及してさえいるのである。そして三島によれば、それがまた同時にバタイユ的な「死に至るまでの生の称揚」にほかならないというわけである。

三島は、昭和三十八年十月、映画『憂国』の二年前に、「オペラといふ怪物」という短文をベルリン・オペラのプログラムに寄せ、そこで「トリスタンとイゾルデ」について、「それは先史時代以来の人間のあらゆる巨大で悪趣味な記念碑の音楽的綜合であり……途方もなく暗く甘く、極度に力強く極度に不健康な死と、エロスとのオルギエ（狂宴）である」と熱い文章を綴っていた。昭和三十八年から翌年まで雑誌『芸術生活』に連載した「芸術断想」には、これを承けるように、こうある。「ベルリン・オペラの「トリスタンとイゾルデ」は、数ヶ月来もつともたのしみにしてゐた出し物であつた。一九五二年にパリで、スツットガルト歌劇団の「トリスタン」を見てから、この音楽は私の心を去らず、フルトヴェングラー指揮のレコードに熱中し、とりわけ第三幕の「トリスタンの憧れ」の後半には、浪漫派の精髄を味はひつづけてきた」と。ところが三島は、「それがここへ来て、ヴィーラント・ワグナーの珍演出のおかげで、俄《には》かに夢がさめたのである」と続けている。ワグナー独特の「甘美な怖ろしい毒」「甘美な病気」、「トリスタン」の「腐敗の力」が、この「不肖の孫」による「ワグナーの純粋化」の試みによって台無しにされたと口をきわめて非難しているのだ。

ところで、映画が始まる前だったか終わったあとだったか、あるいは『小間使いの日記』上映後、『憂国』上映前の休憩時間だったかもしれないが、人のいない映画館の廊下を、こちらに向かって歩いてくる背広姿の人物が三島だった。たまたまその姿を正面から目撃した私は愕然とした。あまりにもイメージにそぐわなかったからである。さまざまな雑誌に載った写真などで見知っていた三島の肉体は鍛え上げられて筋肉隆々とし、その顔も多くは豪快に笑っていた。ところが眼前の三島は顔色も悪く憂鬱気で、なにより華奢と言ってもいいくらいに小柄に見えた。イメージが膨れ上がっていただけに、その落差が大きく感じられたのかもしれない。あとから知ったことだが、三島はどんな人たちが自分の映画を観に来るか、映画館の入り口近くのカーテンの陰に隠れて確認していたのだという。

その入り口のところに『憂国 映画版』という、原作と撮影台本とスチール写真六十九点、それに「製作意図及び経過」という文章を併せた書物が積んであり、そこにいた映画館の支配人らしき人間が、三島を眼前にして呆然としている私に、それを買えば三島先生のサインが貰えるよと言うので、私はすぐになけなしのこづかいをはたいた。紙に名前を書けというので自分の名前を書くと、彼はその紙を背後の陰に身を

『憂国 映画版』（新潮社、昭和41年）

隠した三島に渡し、そしてすぐに本が姿を現した。それで私は三島由紀夫のサイン入りの貴重な本を所有しているというわけである。「三島由紀夫　谷川渥様」というサインの入ったそのページに、私はあとから日付を小さく書き入れている。「一九六六・四・十二」。私が駒場に来た三島を見たくなかったのも、この日の個人的印象をあえてそのまま温存したかったためかもしれない。

　この映画の製作の委細は、「演出」を担当した堂本正樹の視点から、その『回想　回転扉の三島由紀夫』（文春新書、二〇〇五年）において、「もっともっと血をぶち撒けなくちゃ」と三島が叫んだなどと面白く語られてもいるが、その「製作意図及び経過」のなかで三島は、「ワグナーのどこまで続くかわからないやうな不思議な音楽」の「その偶然の効果は不気味なほど」だったと書いている。「切腹の苦痛さへ、そこでは不思議な音楽のエロチックな陶酔の中に巻き込まれ、ましてベッド・シーンは音楽のおかげで最高度に浄化された」（『憂国　映画版』新潮社、昭和四十一年）と。ニーチェとバタイユの名前を持ち出してきた三島だが、そのニーチェがワグナーとの蜜月の時を経て結局のところ彼を「デカダンスの極み」と徹底的に忌避するにいたった「ニーチェ対ワグナー」という周知の歴史的ドラマはさしあたってここでは問題にならなかったらしい。

いずれにせよ、映画『憂国』は三島にとって予行演習だったのだ。四年後の十一月二十五日当日、私は真っ先にそう思った。鍛え上げた肉体に刀を突き立て腹を斬り割く「儀式」。それこそが三島がこだわり続けた問題意識あるいは強迫観念のかたちにほかならなかったのではあるまいか。日本古来の能舞台に似た空間において、ワグナーというきわめてプロブレマティックな西洋音楽を伴奏として繰り広げられる軍人夫妻の「愛と死」。だがそれにしても……。

三島にとって肉体とは、死とはなんだったのか、そのことを現実の「死」から逆照射しつつ彼のテクストから探ってみたいと思う。テクストから、と言うのは、基本的に書き物から理念的に遡及しうるかぎりでの「作者」をまずもって想定しているということである。「作品」と「作者」と「作家」とのあいだには、微妙にして決定的な距離がある。「作家の実像」に迫ろうとするのは、これら三者の区別に鈍感であるか、あえてそんな区別は認めないという立場に立つか、いずれかであろう。「作品」とは、文学的テクストそのもの、あるいはそのテクストの開く観念世界のことであり、「作者」とは、繰り返すが、テクストが遡及的に指示するところの理念的存在としての作り手のことであり、「作家」とは、現実に生活し、あれこれの出来事やエピソードを身にまとった生身《なまみ》の人間のことである。三島由紀夫が、これらの差異を、とりわけ「作者」と「作家」の差異を、ともすれば無効にしようとするきわめて特異な存在であることは間違いない。が、だからといって、文学論がとりもなおさず「作家」論でなければならないということにはならない。もしそのような立場を採るとすれば、問題は限りなく実話物に近づいていくことになろう。福島次郎『三島由紀夫——剣と寒紅』(文藝春秋、平成十年)が、その究極の例である。

この点で、安部公房が映画『憂国』を観て綴った感想(「〝三島美学〟の傲慢な挑戦——映画『憂国』のはらむ問題」『週刊読書人』昭和四十一年五月二日、『安部公房全作品15』新潮社、一九七三年、所収)がなかなかに示唆的である。「羨望に近い共感」と「やりきれないほどの苦痛と反感」という「二つの矛盾した感情」を同時に持ったという彼は、最後にこう書いている。

作者が主役を演じているというようなことではなく、あの作品全体が、まさに作者自身の分身なのだ。自己の作品化をするのが、私小説作家だとすれば、三島由紀夫は逆にこの作品に、自己を転移させようとしたのかも知れない。

むろんそんなことは不可能だ。作者と作品とは、もともとポジとネガの関係にあり、両方を完全に一致させてしまえば、相互に打ち消しあって、無が残るだけである。そんなことを三島由紀夫が知らないわけがない。知っていながらあえて不可能に挑戦したのだろう。なんという傲慢な、そして逆説的な挑戦であることか。ぼくに、羨望にちかい共感を感じさせたのも、おそらくその不敵な野望のせいだったにちがいない。

いずれにしても、単なる作品評などでは片付けてしまえない、大きな問題をはらんでいる。作家の姿勢として、ともかくもぼくは脱帽を惜しまない。

ここで安部公房が「作者」と「作家」を使い分けていることに注意しよう。「作家」は「作品」外にある生身の現実的存在であり、「作者」は「作品」から遡及されるところの理念的存在である。安部の言葉では、両者はポジ・ネガの関係にあって切り離すことはできない。「作品」（あるいはテクスト）が、「作者」とのありうべき距離を無化しつつそれを観念的世界に引きずり込もうとしている事態を、安部は「分身」

という言葉で支持しているとおぼしい。映画『憂国』のケースは、三島のいわば二重の作品化の試みであっただけに、そこに「作者」と「作品」との関係をめぐる「傲慢な、そして逆説的な挑戦」がいっそう際立ったわけである。

いずれにせよ、三島由紀夫を論じるとは、「作品」あるいはテクストと「作者」との関係を問うということである。

あまたの伝記的エピソードを身にまとった「作家」像は、したがって、以下の論述においてあたうかぎり括弧に入れられている。

Ⅱ　外面と内面

一九四五年、昭和二十年、三島はちょうど二十歳で終戦を迎えた。ちなみに、一九二五年、大正十四年一月十四日生まれの三島の年齢は昭和の年号と一致する。それゆえ、以下、三島に関するかぎり、すべて三島の年齢をも指示する昭和年号を使用することにする。

この年、いつ死ぬかもしれないと思いながら、アメリカ軍の空襲を避けてじめじめした防空壕のなかへ逃げこむ日常は終焉した。しかし三島は『私の遍歴時代』（昭和三十九年）のなかで、「その穴から首をもたげて眺める、遠い大都市の空襲は美しかった」と書いている。死と隣り合わせの状態で日本の古典文学や外国のお気に入りの作家たちに耽溺する日々は終わった。戦争末期に、「二十歳の私は、自分を何とでも夢想することができた。薄命の天才とも。日本の美的伝統の最後の若者とも。デカダン中のデカダン、頽唐期の最後の皇帝とも。それから、美の特攻隊とも。……」。しかし「不幸は、終戦と共に、突然私を襲つてきた」と三島は言う。「私が愛してきたラディゲも、ワイルドも、イェーツも、日本古典も、すべて時代の好尚にそむいたものになつてしまつた……戦時中、小グループの中で天才気取りであつた少年は、戦後は、誰からも一人前に扱つてもらへない非力な一学生にすぎなかつた」と。

鮮烈な出世作『仮面の告白』の刊行が、終戦四年後の昭和二十四年。三島がみずからの肉体を意識的に鍛え始めたのは、終戦十年後の昭和三十年、三十歳のときである。その間に六年の空白しかない。三島の作家活動は、実質的にほとんどすべての期間にわたって肉体の錬磨とともにあったと言っていい。とはいえ、それは四十五歳の自死に至るまで、たかだか十五年の期間である。この十五年間、三島はひたすら肉体の問題に関わっていた。

肉体の問題は、しかし、三島がボディビルやボクシングや剣道の練習を開始し、みずからの肉体を意図的につくり上げようとする以前から、彼のうちに兆していた。そのことは、昭和二十六年十二月二十五日から翌年五月十日まで、彼の四ヶ月半にわたる最初の世界（北米、南米、ヨーロッパ）旅行の記録『アポロの杯』（昭和二十七年）に窺われる。『仮面の告白』刊行とこの最初の世界旅行で、「私の遍歴時代はほぼ終ったと考えられる」と三島は書いている。

ここで注意すべきは、三島が「感受性」というものを異様に忌避していることだろう。自分の内部の「感受性といふ病気」を治さなければならないと言うのである。三島の「感受性」とはなにか。もとより感受性を持たない人間などは存在しない。三島は、この「感受性」をどうやら「感じやすさ」と等置しているようだ。こう書いているからである。

> 感じやすさといふものには、或る卑しさがある。〔中略〕感じやすさのもつてゐる卑しさは、われわれに対する他人の感情に、物乞ひをする卑しさである。自分と同じ程度の感じやすさを他人の内に想像し、想像することによつて期待する卑しさである。

「ボオドレエルは不感不動を以てダンディーの定義をした。感じやすさ、感じすぎること、これはすべてダンディーの反対である」、と三島は書いている。してみれば、「感受性」という語は、自己中心の受け身のエゴイズムと区別しがたい感じやすさ、心の繊細さ、心の傷つきやすさ、心の脆弱性、ほぼ英語の《vulnerability》に近い意味で用いられていると見ることができそうである。三島は自分の生活と、そして自分の文体から「感受性に腐食された部分」を除去しようとする。そうして得られるのは、「剛毅」という徳である、と三島は言う。「それ以外の徳は私には価値のないものに思はれた」と。剛毅のダンディズム宣言である。

横浜からサンフランシスコへと向かうプレジデント・ウィルソン号の船上で、三島は直射日光に身をさらしながら自己の内なる「感受性」を摩滅させようとしたとおぼしい。「太陽！　太陽！　完全な太陽！」と三島は叫ぶ。

ハワイを経由してサンフランシスコ、ロスアンジェルスに滞在、そこから飛行機でニューヨーク、プエルト・リコに渡り、そして南米ブラジルを経巡ったあと、大西洋を飛んで昭和二十七年三月二日にジュネーヴに入り、パリ、ロンドン滞在を経て、「眷恋《けんれん》の地」ギリシアに到着したのは横浜出航から四ヶ月後の四月二十四日。一週間ほどの滞在だったが、この旅行の目的がまさに（そのあとのローマを含めて）ギリシアにあったかのように、「今、私は希臘にゐる。私は無上の幸に酔つてゐる」、と興奮を隠さない。

そして「アテネ」の項で、三島はこう書いている。

希臘人は外面を信じた。それは偉大な思想である。キリスト教が「精神」を発明するまで、人間は「精神」なんぞを必要としないで、矜《ほこ》らしく生きてゐたのである。希臘人の考へた内面は、いつも外面と左右相称を保つてゐた。希臘劇にはキリスト教が考へるやうな精神的なものは何一つない。それはいはば過剰な内面性が必ず復讐をうけるといふ教訓の反復に尽きてゐる。

ここで「精神」とは「過剰な内面性」としての「感受性」の言い換えに過ぎないと見ても間違いではないが、もっとも、三島はここで「精神」に「キリスト教」という限定をつけている。ギリシア対キリスト教、ヘレニズム対ヘブライズムという図式が背景にあって、「精神」をたんなる「感受性」よりは広くとらえていると見るべきだろう。

もっとも、『アポロの杯』の三年後に刊行された『小説家の休暇』において、三島は日本文化における「稀有の感受性」をあげつらって、「どんな道徳も美的判断に還元され、思想のために生きるかに見えてもその実おのれの感受性の正確さだけにたよつて生きてきた日本人は、永いあひだ、生活の中へ美学を持ち込み、美学の中へ生活を持ち込んで恬然《てんぜん》として来た」と書いている。日本人の「感受性」を嫌悪しているわけではない。三島はむしろその可能性を認めようとしている。「古きものを保存し、新らしいものを細大洩らさず包摂し、多くの矛盾に平然と耐へ、誇張に陥らず、いかなる宗教的絶対性にも身を委ねず、かかる文化の多神教的状態に身を置いて、平衡を失しない限り、それがそのまま、一個の世界精神を生み出すかもしれないのだ」と。「日本文化の稀有な感受性こそは、それだけが、多くの絶対主義を内に擁した世界精神によつて求められてゐる唯一の容器、唯一の形式であるかもしれない」と言うのである。この時点で三島は、日本文化の感受性をあたうかぎりポジティヴかつ寛容にとらえようとする。もとより、こうした認識は、彼が嫌悪する「感受性」、つまり自分自身を腐食させるような「感じやすさ」と等置されるような「感受性」の過剰の忌避と矛盾するわけではない。

いずれにせよ、外面と内面という二元論における外面の称揚こそ、三島が旅においてしかと確保した立場だった。これを単純に外面が肉体であり、内面が精神であるとすれば、外面の称揚はとりもなおさず肉体の称揚である。とはいえ、この段階で三島はまだあからさまな肉体讃美に踏み込んでいない。「精神」や「感受性」の過剰を嫌悪しているだけである。

しかし考えてみれば、『仮面の告白』からして、すでに内面/外面の問題設定における外面の肯定の書であった。仮面とは素顔を覆い隠す外面であり、告白とは内面を外部にさらけ出す行為である。本来、告白するためには、人は素顔でなければならない。仮面を着けた告白とは、人の言う告白ではない。隠蔽と演技の観念と連動するほかはない仮面が、内部を外部化する告白という行為に従事するとき、内面と外面という素朴な二元論は解体する。もはやたんなる内も外もない。告白される内面とは、とりもなおさず外面である。つまるところ、すべては外面となる。それが『仮面の告白』の意味するところであった。

ここには、戦後、世界的に流行した実存哲学ないし実存主義思想の影響が窺われると見てもいいのではあるまいか。つまり、essentia と existentia の二元論に基づき、「内面」「精神」「本質」を一方に置き、「外面」や「行動」があくまでもそれによって根拠づけられ説明されるとする本質主義 Essentialism を否定し、すべては「外面」「行動」であり、「内面」や「本質」はあとから言挙げされるにすぎないという実存主義 Existentialism の思想である。

三島が直接にハイデッガーやサルトルの名前を持ち出すことが稀であったことは事実である。が、三島自決後一年目の昭和四十六年十一月二十五日の日付を持つ瑤子夫人の「序にかえて」を巻頭に戴く『定本　三島由紀夫書誌』（島崎博・三島瑤子共編、薔薇十字社、昭和四十七年）の第五部「蔵書目録」によれば、「蔵書数が厖大なので、その一部にとどめる」との断りがあるものの、三島は人文書院版の「サルトル全集」をはじめとするサルトルの諸著作をおおむね所有していたことが確認される。

そういえば三島は例の東大全共闘を相手にした駒場の教室の壇上で、唐突に「私の一番嫌いなサルトルが」とその名前を持ち出し、「一番ワイセツなものは何かというと、一番ワイセツなものは縛られた女の肉体だといっているのです」と発言していた（！）暴力とエロティシズムとが、他者にしか関係しない点で非常に関係があるという文脈での発言だが、これはサルトルの『存在と無』（一九四三年）第三部第三章「他者との具体的な諸関係」におけるサディズムに関する議論の次の一節に対応するとおぼしい。サルトルは、こう書いている。「犠牲者の身体は、そっくりそのまま、息も絶え絶えの猥褻な肉体である。この身体は、体刑執行人によって与えられたままの姿勢を保っているが、それはこの身体がみずからとったであろう姿勢ではない。身体を縛っている綱は、この身体を、一つの無気力な事物のごとくに、支えている」（松浪信三郎訳）と。「相手が意思を封鎖されている、相手が主体的な動作を起せない、そういう状況が一番ワイセツで、一番エロティシズムに訴えるのだ」と三島は続けている。

「相手の意思」とか「他者」といった概念が問題であるにしても、しかし三島はなぜことさらに「縛られた女」などという比喩を持ち出してきたのだろうか。このとき三島は『豊饒の海』第三巻『暁の寺』を雑誌『新潮』に連載中だったが、その三十四に、本多繁邦が本郷三丁目界隈の本屋に立ち寄った際、そこで「縄で縛られて横坐りに坐つた裸の女の写真の、印刷のわるい、曇つた青磁いろのグラヴィアの頁」に見入っている青年が、片手をズボンのなかに入れて激しく自慰している姿を目撃するという一節を挿入している。本多は、なぜ青年が孤独で自由な自分の部屋のなかではなく、人目のある店のなかでそんなことをするのかと自問し、こう述懐する。「そんな完璧な自由のなかで、縛られた女と向き合ふのは、それは殺人と同じことだ。……さればこそ彼は他人の目にさらされるのを選んだのだ。自分をも他人の目に縛られた男に仕立て、その危険と屈辱の只中で、縛られた女と向ひ会ふことを望んだのだ。かうして選ばれたおぞましい条件は、あらゆる性愛にひそむ絹糸のやうな繊細微妙なシネ・クワ・ノンを現はしてゐた」と。まぎれもなくサルトルの議論の三島なりの要約にほかならない。東大駒場の大教室に立つ三島の頭のなかで、そのとき自分の書いたこの一節が執拗に谺《こだま》していたのに相違あるまい。

『小説家の休暇』七月十日の記述にはこうある。主体と客体とをめぐる議論のなかで、

「そしてやうやく一九三〇年代になつて、サルトルがやつて来る」と。ちなみに、これは、知る人ぞ知る、「遂にマレルブ来たれり Enfin Malherbe vint!」というニコラ・ボワローの有名な言葉を下敷きにした言い回しにほかなるまい。古典主義の先駆者として崇められた詩人フランソワ・ド・マレルブに対するボワローの理論書『詩法』（一六七四年）における一句である。三島はこう書く。「サルトルは「実存は本質に先立つ」と云ひ、「主体性から出発せねばならぬ」と云ふ。そして「人間は他者との関連において自分を選ぶ」といふ教義を立てたのである。かうしてふたたび小説における表現の道筋がひらけて来る」と。とても「一番嫌いな」とは思えない言葉ではある。そして三島はさらにこう続けるのだ。「実存主義は一種の古典主義的特色をもつ。サルトルの戯曲や小説、カミュのそれにも、明白な古典主義があり、もしヴァレリイの定義に従つて、「古典派とは自己の裡に一人の批評家を擁し、これを自己の労作に親しく与《あづか》らせる作家のことである」（「ボオドレールの位置」）とすれば、実存主義こそは、一種の浪漫主義に陥つた近代の分析主義の中から、批評によつて選んだのである。そしてヨーロッパでは、かかる意味において、新しい芸術には、つねに古典主義的特色が見られるのだ」と。実存主義と古典主義とを調和一致ないしアウフヘーベンさせようとする三島自身の密かな志向性を暗示する一節と言うべきではあるまいか。

ハイデッガーについてはサルトルほど多くはないにせよ、岩波文庫版『存在と時間』も『ヘルダーリンの詩の解明』を含む理想社版『ハイデッガー選集』の一部、あるいは高坂正顕『ハイデッガーはニヒリストか』(創文社、昭和二十八年)、西谷啓治『ニヒリズム』(弘文堂、昭和二十四年)、渡辺二郎『ハイデッガーの実存思想』(勁草書房、昭和三十七年)などの解説書の所有も記録されている。もっとも、これらはすべて『仮面の告白』執筆・刊行後に邦訳出版されたものであることには注意しなければなるまい。

ハイデッガーの名前があからさまに登場するのは、『絹と明察』(昭和三十九年)においてである。これは三島言うところの「家父長的な経営者」、紡績会社のワンマン社長、駒沢善次郎を主人公とする小説だが、注目すべきはその彼の批判者として登場する、「政財界にやたらに顔の広い面妖な人物」、岡野である。岡野は、かつて「ハイデッガーの学風を慕つて」ドイツのフラブルグ大学に学び、「今もハイデッガーの新著を取り寄せて読み、何かと研鑽を怠らな」いような人物である。『ヘルダーリンの詩の解明』を愛読し、「酔へばあの難解な「帰郷《ハイムクンフト》」の一節を朗唱して、並居る人を煙に巻いたり」する。岡野が、三島自身のハイデッガー体験を分有し、あるいはなにほどか三島の分身的存在であることが推測される。

その岡野が、ある日本人哲学者の著した『ハイデッガーと恍惚』という本の、「ハイデッガー解釈の独自なロマン派的構想」に言及する一節がある。それは、ハイデッガーにおける「実存《エグジステンツ》」の「脱自性《エクスターゼ》」をエクスタシスの概念に結びつけ、あえて「恍惚」と訳し、日本の古代信仰における遊魂の状態に関係づけたりしているのだが、岡野はさらにこう要約する。

そしてハイデッガーのこのやうな脱自性《エクスターゼ》を、むりやりに決意的有限的な時間性と結びつけたことから、彼の現実政治の誤認と、現実の歴史との混淆が生じたのであつて、むしろハイデッガーはこのエクスターゼを世界内へ企投することなく、芸術の問題から実存の本質を解明すべきであつた、と著者は批判する。

「詩を書く少年」(昭和二十九年)だった三島のように、「一度詩人にならうとして失敗した」岡野だが、「あとからハイデッガー先生を非難するのは易しい」と述懐する。「著者は哲学といふものの危険な性質を、身にしみて感じたことがないんだらう。これに比べれば、一見危険で毒ありげな芸術なんかのはうが、ずつと安全な作業なのだ」と。「ハイデッガーの脱自《エクスターゼ》の目標は」、と彼は続ける。「決して天や永遠ではなくて、時間の地平線《ホリツオント》だつた。それはヘルダアリンの憧憬であり、いつまでも際限のない地平線へのあこがれだつた」と。
岡野のハイデッガーへのこだわりは執拗である。羽田空港で、群がる記者やカメラマンに迎えられる駒沢のように「公然たる怪物」になりえなかった自分自身をかえりみる場面で、「心の萎えたときに必ず彼を襲ふあの爽やかな留保」、つまりヘルダーリンの頻発する「しかし《アーバー》」を思い出す。「しかし　海は記憶を奪ひ去り且つは与へる」と。こんな一節もある。

彼はハイデッガーが死について要約してゐる三つの提言を思ひ出した。それはこれまで死について究明されたことの全部なのであるが、その第三の提言は、「終つてゆくことは、自分のうちに、その都度の現存在にとつて全く代理できない、存在の様態を含んでゐる」と云ふのである。「自分の死を回避しながら、終りへの日常的存在もまた、……死を確信してゐるのである」

ハイデッガーの『存在と時間』(一九二七年)第二編第一章「現存在の可能的な全体存在と、死へ臨む存在」における「終末へ臨む存在」の議論についての三島なりの要約である。三島は、岡野を「日本の土壌には根を下してゐない知識人の輸入思想の代表です」、といささか突き放して語っている（『朝日新聞』昭和三十九年十一月二十三日）が、岡野の問題意識がほぼ三島自身のそれであることはおそらく間違いない。

しかしいずれにせよ、三島は戦中からニーチェに親炙しているところからも実存主義的な発想にはもともと無縁ではありえなかったと思われる。これは戦後世代に共通とも言える傾向だったのかもしれないが、あえて言えば、三島にとって「内面」の否定とは、ニーチェの『ツァラトゥストラ』に言う「背後世界 Hinterwelt」の否定とほぼ同義だったに相違ない。つまり、外面にではなく内面に、表にではなく裏に、表面にではなく深みに、こちらにではなくあちらに、そしてこの世にではなくあの世に、真実が、価値が存在するという「背後世界論」なるものの否定である。そしてそこにハイデッガー的な本来的実存の「死のなかへの先駆」の思想が合体していくことになるだろう。ハイデッガーは、『存在と時間』の当該箇所で、『ツァラトゥストラ』第一部「自由な死」に言及しているが、ニーチェはそこで「時に適って死ね」と説いていたのだった。三島が愛読した『悲劇の誕生』における、「生存と世界は美的現象としてのみ是認される」という極めつけの命題の絶え間ない響きに、しかも「自由な死」と「背後世界論」の否定とが密かに共鳴していたことはおそらく間違いあるまい。

「感受性」や「精神」を「内面」として忌避する三島は、もっとも見やすい「外面」としての肉体の問題を明確に自分の問題として引き受ける前から、すでに「外面」の思想の持ち主だったと言っていいだろう。

三島は、『仮面の告白』刊行と前後して、「私の感受性の象徴」とみずから言うところの菊田次郎という「ロマンチックな孤独な詩人」を主人公とする短篇小説を三篇書いている。『火山の休暇』(昭和二十四年)、『死の島』(昭和二十六年)、そして『旅の墓碑銘』(昭和二十八年)である。自分の「感受性」に訣別するために、あえてこの「孤独な詩人」を対象化したものと思われるが、『旅の墓碑銘』のなかにこんな箇所がある。菊田次郎の友人、それはとりもなおさず三島のもうひとりの分身でもあるわけだが、その「私」が言う。

菊田次郎の固定観念は、「表面」乃至「外面」といふことであつた。彼はいつも夜の地下室の酒場で飲みながら、私を相手に、日光のもとのあらはな「外面」を讃へるのであつた。

「あひかはらず君の恋人は希臘《ギリシヤ》かい?」と私は水を向けた。

「感受性の象徴」たる菊田次郎は、いまやその内なる「感受性」に訣別して「表面」あるいは「外面」の思想に賭ける存在としてみずからを規定しようとしている。三島は、そうした自分の決意を、明晰な意識としての「私」の目を通していささかアイロニカルに距離を置いて自己言及的に対象化している。「旅の墓碑銘」というタイトルは、まさに世界旅行後の三島の「感受性」の墓碑銘であることを暗示しているわけだ。

Ⅲ　ヘレニズム・バロック

三島は『仮面の告白』について、「この醜怪な告白に私は自分の美学を賭けたつもりだ」と語っている。父親の存在感がまことに薄く、祖母や母や叔母や女中といった女性ばかりに囲まれ、とりわけ病める祖母の常軌を逸した愛情のもとに育てられた、「精神」と「感受性」の過剰に悩まされるひ弱な少年の性的自伝（Vita sexualis）の体裁をとったこの小説のなかで、「そこから私が永遠に拒まれてゐる」もの、なによりも「肉体」こそが、他者性を帯びた「悲劇的なもの」として現れる。それを象徴するのが、紺の股引を穿いた糞尿汲取人の若者であり、あるいは「一個の野蛮な魂の衣裳」たる中学生の近江である。「誰が彼から「内面」を期待しえたらう」、と三島は書いている。そしてとりわけ特筆すべき象徴的存在が、父親のイタリア土産の画集のなかに十三歳の「私」が発見した十七世紀のバロック画家グイド・レーニの《聖セバスチャン》である。

その絵を見た刹那、私の全存在は、或る異教的な歓喜に押しゆるがされた。私の血液は奔騰し、私の器官は憤怒の色をたたへた。この巨大な・張り裂けるばかりになつた私の一部は、今までになく激しく私の行使を待つて、私の無知をなじり、憤ろしく息づいてゐた。私の手はしらずしらず、誰にも教へられぬ動きをはじめた。私の内部から暗い輝かしいものの足早に攻め昇つて来る気配が感じられた。と思ふ間《ま》に、それはめくるめく酩酊を伴つて迸《ほとばし》つた。

レーニ《聖セバスチャン》1615年頃、ローマ、カピトリーナ美術館蔵

ちなみに、三島は『仮面の告白』刊行の三年後、昭和二十七年四月三十日、ギリシアからローマに入る。そしてそこでグイド・レーニの作品を目のあたりにする。『アポロの杯』に収められた文章は、しかしいささか乾いている。

パラッツォ・コンセルヴァトーリでは、グイドオ・レニの「聖セバスチャン」を遂に眼前にした幸のほかに（尤も写真版でかねて見てゐたところでは、ゼノアにある同じ作品の複製のはうが、私は好きだ。写真版で見ても、この二つの間には微妙な違ひがある）ルウベンスやヴェロネーゼや、仏蘭西のプッサンの作品が私を感動させた。

三島はローマの作品よりもゼノアすなわちジェノヴァの作品のほうが好きだと言う。ジェノヴァのパラッツォ・ロッソにある《聖セバスチャン》のヴァージョンのことで、『仮面の告白』の「私」が画集のなかに発見したのがまさにこれである。「私を待ちかまへてゐたとしか思はれない」その画像、「その白い比《たぐ》ひない裸体」について、「私」は、「矢は彼の引緊つた・香り高い・青春の肉へと喰ひ入り、彼の肉体を、無上の苦痛と歓喜の焔で、内部から焼かうとしてゐ

レーニ《聖セバスチャン》1615年頃、ジェノヴァ、ストラーダ・ヌオーヴァ美術館蔵

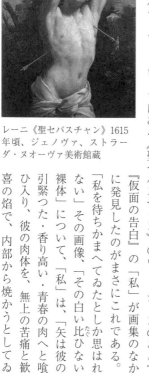

た」と描写している。これは、『憂国』における、「至上の肉体的悦楽と至上の肉体的苦痛が、同一原理の下に統括され」た情況以外のなにものでもあるまい。

構図の差異を問わなければ、じつのところグイド・レーニは都合六枚の矢を射こまれた「聖セバスチャン」を描いている。あとの四枚は、セバスチャンが後ろ手に縛られ、腹に一本の矢が刺さった姿になっている。ローマとジェノヴァの作品は、縛られた両手が高く持ち上げられていて、一見同一の構造だが、三島の言うとおり、たしかにそこには「微妙な違い」がある。明らかな違いは、ジェノヴァのセバスチャンには二本の矢しか刺さっていないが、ローマのそれには腹部にも矢が刺さっていることだが、三島が「微妙な違い」と言ったのは、ジェノヴァのセバスチャンのほうが顔も肉体もやや引き締まって見える点を指してのことだろう。

三島はその死の前年、聖セバスチャンに擬した自分自身を写真家の篠山紀信に撮らせた際、自分の肉体にやはり三本の矢を射こませている。『仮面の告白』の「私」に初めて《ejaculatio》を誘発したあのジェノヴァ作品の構図は採らなかったわけだ。下腹部に矢が刺さっているほうが、写真として効果的だと判断してのことだろう。交差した両手の位置、顔の位置は、しかしグイド・レーニのいずれの作品とも違っている。

ところで、『アポロの杯』の美術館巡りのどの箇所にも、バロックという言葉は一度として出てこない。三島の念頭には、この時点でバロックという言葉も概念もしかとはなかったように思われる。三島は、個々の作品に対面しているのであって、多くの作品を一括りする概念を問題にしているわけではない。

篠山紀信《三島由紀夫》1968年

とはいえ、三島の嗜好がバロック的であることは、やはり否定すべくもない事実である。先に引用した文章において、グイド・レーニとともに挙げられたルーベンス、ヴェロネーゼ、プッサン、あるいはパラッツォ・ヴェネツィアで観たとおぼしいボローニャ派のジュゼッペ・マリア・クレスピなどの名前を見れば、三島の意識がほぼバロック的なものに向かっていることは明らかだ。ちなみに、このクレスピはさほど日本人には馴染みのない画家かもしれないが、私は拙著『図説　だまし絵』（河出書房新社、一九九九年）のなかで、ボローニャの音楽学校の図書館のために描かれた《音楽家の棚》（一七一〇年頃）という彼の文字どおりのだまし絵作品を紹介していることを付け加えさせていただく。三島はボルゲーゼ美術館で見たヴェロネーゼとその彼に影響を与えたティツィアーノの作品に多くの言葉を費やしている。ヴェネツィア派は、その官能的色彩性ゆえに、十七世紀バロックの先蹤をなすと言っていい。三島は、バロックという言葉を用いることなく、ヴェネツィア派と、十七世紀バロックを代表する二人の画家、ルーベンスとプッサンの名前とを並べているわけである。そしてプッサンについて、こう書いている。

　プッサンの「オルフェ」は何といふ美しさだらう。何といふ森の微妙な光線だらう。それは明らかにワットオの先蹤《せんしょう》である。

ヴェネツィア派がバロックの先蹤であるとすれば、バロック期を代表する画家の一人プッサンの作品が十八世紀ロココの代表的画家の一人ワットオつまりアントワーヌ・ヴァトーの先蹤をなすというわけである。三島がそのヴァトーの《シテエルへの船出》に対して思い切り文学的想像力を遊ばせるのは、『アポロの杯』の二年後、昭和二十九年のことである。

つまるところ、三島はバロック美術という大枠の概念で個々の作品をとらえようとしているわけではない。注意すべきは、三島はいまではバロック絵画の祖とも位置づけられるカラヴァッジョにも、バロック期を代表する彫刻家にして建築家たるベルニーニにも絶えて触れたことがないということだ。短いローマ滞在期間ゆえ、カラヴァッジョ作品の収められた幾つかの教会も、あの《ナルキッソス》や《ホロフェルネスの首を斬るユーディット》のあるバルベリーニ宮（国立古典絵画館）も訪れる余裕がなかったにせよ、現在《ゴリアテの首をもつダヴィデ》ほか数点のカラヴァッジョ作品の収められたボルゲーゼ美術館も、ベルニーニによって完成を見たと言ってもいいバロック都市ローマの要となるヴァチカンも訪れていたにもかかわらず、である。意識的に触れなかったということもありうるだろうか。カラヴァッジョ評価の高まりが比較的最近、戦後になってからということもあり、三島がボルゲーゼ美術館を訪れた時点でカラヴァッジョはまだ目玉として展示されていなかったのかもしれず、ベルニーニにはもとより彼の美意識が触発されなかったのかもしれない。生涯「斬首」にこだわり続けたカラヴァッジョと三島由紀夫！　両者の関係性はまことに魅力的なテーマであるには違いないが、しかしいずれにせよ三島にとって問題だったのは、彼がグイド・レーニについていみじくも語っているように、なによりも「耽美的な個性」以外のものではなかっただろう。「耽美的な個性」を官能性と言い換えてもいい。耽美性あるいは官能性こそ、三島が美術をまなざすうえでの必須の条件である。しかもこの条件が、ともすればある種の傾向に流れがちであることを、三島は十分に自覚している。ギュスターヴ・モローの作品に触れた短文（昭和三十七年）のなかで、これを「二流芸術の見本」と呼びながら、三島はこう書いている。

大体、二流のはうが官能的魅力にすぐれてゐることは、ルネッサンス画家でもギド・レニを見ればわかることで、私の好きなのも正直その点である。

（「ギュスターヴ・モロオの「雅歌」――わが愛する女性像」）

ギド・レニすなわちグイド・レーニをなお「ルネッサンス画家」と呼ぶところに、これは必ずしも間違いではないかもしれないとはいえ、ルネサンス・マニエリスム・バロックという美術史的ダイナミズムに対する三島の知識の鮮明ならざる事実が見てとれるわけだが、いずれにせよ三島は美術における官能性の重視の帰趨を明晰に意識しているようだ。そのかぎりで三島の美意識に触れてくるものであれば、時代様式の如何を問わず、どんな作品でも採り上げたものと思われる。

さて、聖セバスチャンその人について、三島はすでに『仮面の告白』のなかで「殉教史」における その生涯を要約し、あまつさえ「聖セバスチャン《散文詩》」なるものまで書き添えているが、その蘊蓄を十全に披瀝することになるのは、ガブリエレ・ダンヌンツィオの「霊験劇《ミステール》」『聖セバスチァンの殉教』の日本語訳の「あとがき」においてである。

この作品は、周知のように友人ロベール・ド・モンテスキューからその異様な魅力を聞かされていた、ディアギレフ率いるバレエ・リュス〈ロシア・バレエ団〉の痩身のユダヤ人女性ダンサー、イダ・ルビンシュタインをダンヌンツィオがパリで実際に目のあたりにするや、たちまち霊感に打たれ、彼女のためにフランス語で書き上げ、クロード・ドビュッシーの音楽、レオン・バクストの美術で一九一一年五月から六月にかけてパリのシャトレ劇場で上演された戯曲だが、フランス文学者池田弘太郎と三島との「共訳」というかたちで昭和四十一年に美術出版社から公刊された。この戯曲は完全に上演しようとすれば、優に七時間も要するほどで、短縮も試みられたようだが、その冗長さゆえに決して評判はよくなかったという。

ちなみに、巻頭のシエナ派のソドマ、本名ジョヴァンニ・アントニオ・バッツィのものを別にして、この邦訳書の終わりに都合五十点の「名畫集 聖セバスチァンの殉教」が付されているが、グイド・レーニはジェノヴァではなくローマの作品が採られている。注意すべきは、最後の五十番目の作品が「ジャン・ロレンツォ・ベルニーニ」の名前になっていることだ。場所は「聖セバスチァン聖堂、ローマ」と明記されている。しかしこれがベルニーニの弟子ジュゼッペ・ジョルジェッティの彫刻作品（一六七二年頃）であることは明らかで、この「名畫集」作成に三島自身がどれほど関与していたのか、あるいはさほど関与していなかったのか詳らかにしないけれども、三島が師と弟子との関係に疎かった、あるいはその差異をあえて等閑視したとしても、これはやはり編集サイドの不手際と言うべきだろう。いずれにせよ、三島のベルニーニへの関心の稀薄さを証明するかもしれない事実ではある。

ともあれ、この邦訳本の「あとがき」で三島の言いたかったことは、つまるところ次の一節に尽きるだろう。


この若き親衛隊長は、キリスト教徒としてローマ軍によつて殺され、ローマ軍人としてキリスト教によつて殺された。彼はあたかも、キリスト教内部において死刑に処せられることに決つてゐた最後の古代世界の美、その青春、その肉體、その官能性を代表してゐたのだつた。

三島は、「ダンヌンツィオの戯曲にあらはれるセバスチァン」についてさらに筆を進めるが、しかし作者のダンヌンツィオその人の伝記的事実については、なんら言及しようとはしない。三島がダンヌンツィオの小説『死の勝利』(一八九四年)の生田長江訳を読み、その明らかな影響のもとに早くも短篇『岬にての物語』(昭和二十一年)を書いたとはしばしば指摘されるところであり、のみならず三島がなにからなにまでダンヌンツィオを真似し、「自分の人生をダンヌンツィオの人生になぞらえようとしていた」とまで主張する筒井康隆の『ダンヌンツィオに夢中』(中央公論社、一九八九年)のようなエッセイも著されていることからすれば、作者ダンヌンツィオへの三島のことさらの沈黙はたしかにいささか奇妙であると言わざるをえない。三島が楯の会の隊員とともに乱入した市ヶ谷の基地は、ひょっとしたらダンヌンツィオが進軍・占拠した「失地回復運動 Irredentismo」の対象、アドリア海沿いのいまはクロアチア領で「リエカ」と呼ばれるところのフィウメに相当する場所であったのかもしれない。

そして市ヶ谷のバルコニーからの三島の演説は、まさしくフィウメの市庁舎のバルコニーからダンヌンツィオがしばしば行ない、ムッソリーニにも影響を与えたという演説（田之倉稔『ダヌンツィオの楽園』白水社、二〇〇三年）の一回限りのパロディと見られなくもないのだ。

ちなみに、飯島洋一『〈ミシマ〉から〈オウム〉へ　三島由紀夫と近代』（平凡社、一九九八年）は、「バルコニーは、まさに日本における西欧的な空間体験の先端ともいうべき場であった」として、三島がこの西欧的なバルコニーという空間に惹かれていた次第を強調し、それをオウム真理教的な「地下」と象徴的に対比して日本の「近代」を論じるという建築史家ならではの意欲的な労作である。が、ここではそうした社会的・時代的な視点は触れるだけにとどめておこう。

いずれにせよ、三島とダンヌンツィオとでは、決定的に異なる点があるとだけは言えるだろう。それは、ダンヌンツィオには、『聖セバスチャンの殉教』を書き上げながらも、自分自身の肉体に矢を射込ませようとする「セバスチャン・コンプレックス」が見られないということだ。

澁澤龍彥はその「セバスティアン・コンプレックスについて」（昭和四十二年、『三島由紀夫おぼえがき』立風書房、昭和五十八年、中公文庫、昭和六十一年、所収）という文章のなかで、「私は、セバスティアン・コンプレックスという言葉を使っている心理学者はいないかと思って、片っぱしから手もとの文献に当ってみたが、ついにこれを発見することを得なかった」と書いているから、この卓抜な表現のプライオリティーはやはり澁澤に帰すべきだろう。澁澤は、そこに三島作品における「挫折の宿命をもった叛逆的青年のあらゆるイメージ」の原型を見てとっている。

作者ダンヌンツィオへの三島の沈黙の背後には、彼の果敢な政治的行動に対する密かな憧れないし嫉視とともに、結局は北イタリアのガルーダ湖畔の豪華な別荘に隠棲した彼の人生の帰趨に対する一種軽蔑感のようなものもあったのかもしれない。ダンヌンツィオは「死ぬ」と言って死なず、七十四歳まで生きてほとんど天命を全うしたと言ってもいいからである。

いずれにせよ、三島の肉体観の根底には西洋的な、より具体的にはギリシア・ローマ的な、つまりはヘレニズム的なものがあったと言うほかはない。彼がどんなに日本の古典文学に通暁し、武士道精神を言挙げしたにせよである。そういえば彼は「肉体について」（昭和四十四年）というエッセイのなかで、日本の剣豪である「宮本武蔵がどういふ肉体をしてゐたかは想像することもできない」と書いていた。「彼はただ、異常に深い精神的探求の中から生れた哲学者としての一面と、また武道家としての超人間的な技術との結合体として見られてゐるだけである。その間に介在した彼の肉体はないも同然と考へられてゐたのである」。いや、ひとり宮本武蔵の肉体ばかりではない。武士の肉体が鎧兜に包まれていたからというわけでもない。総じて日本には肉体あるいは裸体というものを真正面から見つめて対象化する伝統はなかったからだ。日常的にいかに裸体がありふれたものであったにしても、日本にはそれを対象に絵に描いたり、ましてや彫刻にするという伝統はほとんどなかったと言っていい。裸体を美的対象とする芸術は、そしてそれを支える肉体観は、やはり基本的にヘレニズム的なものなのである。

『仮面の告白』には、グイド・レーニのほかにも幾人かのイタリア人が登場する。「ローマ頽唐期の皇帝」ヘリオガバルスの名が挙げられるのは、クレオパトラの扮装をする少年の「私」の女装趣味を説明するくだりである。ヘリオガバルスは、女装し、売春窟に出かけては男娼として体を売り、奴隷などのなかから気に入った者を選んでは身を任せていた、と伝えられるからである。

しかしとりわけ印象的なのは、皇帝ネロによる大殺戮への執着である。三島はすでに十四歳のときに、「今様ネロ」とあだ名される暴虐無比な公爵を主人公とする物語『館《やかた》』を書いている。物語は公爵の破滅へと展開しきれずに未完に終わったが、ネロへの三島の嗜好は執拗である。『仮面の告白』における三島の情報源は、ポーランドのヘンリク・シェンキェヴィチの小説『クオ・ヴァディス』（一八九六年）であったようだ。三島（「私」）はこう書いている。

生れながらの血の不足が、私に流血を夢みる衝動を植ゑつけたのだつた。［中略］私は私なりに「クオ・ヴディス」のコロッセウムの描写の感銘から、私の殺人劇場の構想を立てた。そこではただ慰みのために、若い羅馬《ローマ》力士が生命を提供するのであつた。

ちなみに、三島はここで「コロッセウム」と書いているけれども、これが三島が昭和二十七年に現実に見たローマに現存するコロッセオそのものではないことは言うまでもない。シェンキェヴィチも「巨大な木造の円形競技場」と明記していて、しかもこれは焼失して現存しないからである。

三島は『アポロの杯』の「ローマ」の項のなかで、「コロセウムは私を感動させなかつた」と書いているが、『クオ・ヴァディス』におけるそれとの違いを意識していたのだろうか。総じてローマは、ギリシアに比べて、何もかもが「大きすぎる」のが欠点だと三島は言うのである。

羅馬は東方に及ぶその世界的版図の上に、メソポタミヤの文化以来一旦見失はれてゐた東方の「壮大さ」の趣味を復活したのであつたが、この趣味を、ほとんどそのまま基督教《キリスト》が継承したのは、理由のないことではない。彼らは羅馬の遺物のもつてゐる過剰な質量を、過剰な精神を以てこれを埋めるべき妥当な器だと考へたにちがひない。かくて今なほ旧教の総本山、羅馬では何もかもが大きい。

過剰な精神に相応する「壮大さ」への違和感。その意味で、三島の嗜好は、少なくともこと建築に関するかぎり、十八世紀ドイツの美学者、ギリシア派ヨハン・ヨアヒム・ヴィンケルマンに近いと言ってもいいかもしれない。ちなみに、三島のくだんの「蔵書目録」のなかには、ギンケルマン『希臘藝術模倣論』(澤柳大五郎訳、座右宝刊行会、昭和十八年)、そして日本人の手になるいまなお唯一の伝記、井島勉『ギンケルマン』(弘文堂、昭和二十三年)も含まれていることを書き添えておこう。

そのヴィンケルマンの名前も『仮面の告白』のなかで挙げられる。みずからの「倒錯現象」、つまり同性愛の「衝動」を語るくだりにおいてである。

ヴィンケルマンもさうであつた。文芸復興期の伊太利では、ミケランヂェロが明らかに私と同系列の衝動の持主であつたのである。

そしてもちろん、もう一人、三島がセバスチャンと同じくらい、あるいはそれ以上に入れこんだ美しい少年の存在を忘れてはなるまい。アンティノウスである。『仮面の告白』において「私」がグイド・レーニの画像を発見する場面に、すでにこの名前が登場する。

それが殉教図であらうことは私にも察せられた。しかしルネサンス末流の耽美的な折衷派の画家がゐがいたこのセバスチャン殉教図は、むしろ異教の香りの高いものであつた。何故ならこのアンティノウスにも比《たぐ》ふべき肉体には、他の聖者たちに見るやうな布教の辛苦や老朽のあとはなくて、ただ青春・ただ光・ただ美・ただ逸楽があるだけだつたからである。

ボードレールの詩篇「旅へのいざない」における、「かしこには、ものすべて、秩

アンティノウスの胸像、ヴァチカン美術館蔵

序と美と、豪奢《おごり》と静謐《しじま》と逸楽のみ」（村上菊一郎訳）という詩行を、なにがしか髣髴とさせないではない一節だが、いずれにせよ十三歳の「私」がこれほどの知識を持っているはずもなく、それで「私」は、「何はさて、右のやうな判断と観察は、すべてあとからのものだつた」、とわざわざ断っているわけである。そしてじつは、『アポロの杯』の「ローマ」の項においてもっともページが割かれているのが、このアンティノウスにほかならない。ヴァチカン美術館でアンティノウスの彫像を目の当たりにした三島は、こう書いている。

　このうら若いアビシニヤ人は、極めて短い生涯のうちに、奴隷から神にまで陟《のぼ》つたのであつたが、それは智力のためでも才能のためでもなく、ただ儔《たぐ》ひない外面の美しさのためであり、彼はこの移ろひやすいものを損なふことなく、自殺とも過失ともつかぬふしぎな動機によつて、ナイルに溺れるにいたるのである。

アビシニヤとは、アラビア語によるエチオピアの旧名である。アンティノウスは小アジアのビテュニアの生まれとみなされているから、三島がここで彼をことさらにアビシニヤ人と呼んでいる理由が判然としない。いずれにせよ三島は、「ローマ」の項の別の日に、「今日私はアンティノウスに別れを告げるために、再度ヴァチカンを訪れた」と記している。そして彫像にひそむ「青春の憂鬱」と「不吉の翳」について思いを馳せながら、こう結論している。

アンティノウスは、基督教の洗礼をうけなかつた希臘の最後の花であり、羅馬が頽廃期に向ふ日を予言してゐる希臘的なものの最後の名残である。

聖セバスチャンについての先の三島の記述とほとんど区別がつかないと言ってもいいほどだが、三島は『アポロの杯』の「あとがき」（昭和二十九年）で、グイド・レーニのセバスチャンとアンティノウスの胸像を並べて、いささか仔細にこう書いている。

私は思ふのに、アンティノウスの胸像が作られたのはハドリアヌス帝の時代、グイド・レニの生きた時代はナポリの自然派とボローニアの折衷派が相争つた十七世紀の伊太利《イタリー》で、共に生気のない擬古的潮流が一世を覆つた時代であるが、死んだ様式の、精神のない模倣に支へられて、或る官能的傾向が野放しに生き、そのためにかくも耽美的な、集注した官能美が生れたのではなからうか。アンティノウスとセバスチャンの官能美には、ほとんど猥褻なものがあり、それは相隔たつた二つの頽廃期が、相呼ばはつてゐるやうに見えるのである。

三島はここで「頽廃期」と言い、マニエリスムという言葉もバロックという言葉も用いていない。奇しくも『聖セバスチァンの殉教』と同年に同じ書肆から箱入りで刊行されたグスタフ・ルネ・ホッケの画期的なマニエリスム論『迷宮としての世界』の邦訳(種村季弘・矢川澄子訳、美術出版社、昭和四十一年)のその箱の背に、「マニエリスムの再評価は、われわれがデカダンスの名で呼んできたものの怖るべき生命力を發見し、人類を震撼させるにいたるであらう」と書いて熱いオマージュを捧げたにもかかわらず、三島はマニエリスムという概念を積極的に用いることは絶えてなかった。

ちなみに、三島も所蔵していたことが確かめられる、スペインの碩学エウヘニオ・ドールスの『バロック論』(一九三五年、成瀬駒男訳、筑摩書房、昭和四十四年)のなかに、

「アレクサンドリア派・バロック」なる表現が見える。ドールスは、時代と地域とを問わずにバロック的なものが現象するとして、これをアレクサンドリア学派の言う歴史的定数としての「アイオーン」なる言葉で呼んだ。ニーチェは『悲劇の誕生』のなかで、「アレクサンドリア的文化」を「理論的人間」としてのソクラテス的な文化として指弾しているが、ドールスの言うアレクサンドリア文明にニーチェ的なニュアンスは込められていない。アレクサンドリア文明をギリシアの没後も永らえたギリシアと見るばかりである。したがって「アレクサンドリア派・バロック」は、ヘレニズム後期のバロック化の事態を指すバロック的アイオーンの一つにほかならないから、この表現をまた「ヘレニズム・バロック」と呼び換えることもできるだろう。私はこれを、三島のまぎれもなくヘレニズム的にしてバロック的なその肉体観を端的に象徴する表現として採りたいと思う。

いずれにせよ、みずからの倒錯的衝動をひたすら美しい肉体のヘレニズム的な他者へと向かわせながら、そして同時にそうした美しい肉体の(バロック的な)毀損、破壊を、「殺人劇場」における肉体の流血を夢見る、それが「私」の「告白」のありようである。三島自身、『仮面の告白』について、端的に「自己分析による倒錯とサディズムの研究」(『決定版　三島由紀夫全集1』新潮社、二〇〇〇年、六七三ページ「解題」に引かれた三島の宣伝用「作者の言葉」より）と書いている。

Ⅳ　薔薇狂い

しかし、外面と内面の二元論の無効化は、たんに肉体と精神の二元論を失効させて肉体という外面を称揚するというだけにとどまらず、まさに肉体そのもののレヴェルにおいてまた夢見られていたのではあるまいか。三島が『仮面の告白』の五年前に書いた『中世に於ける一殺人常習者の遺せる哲学的日記の抜萃』（昭和十九年）という、日々の殺人行為だけを記す、これもいささか異様な短篇小説の「遊女紫野を殺害」の記述を見てみよう。

朱肉のやうな死の匂ひのなかで彼女は無礙《むげ》であつたのだ。彼女が無礙であればあるほど、私の刃はますく〱深く彼女の死へわけ入つた。そのとき刃は新らしい意味をもつた。内部へ入らずに、内部へ出たのだ。

おびただしい衣裳に身を包んだ遊女を殺害したときの情況を「一殺人常習者」がみずから語っている言葉だが、外面と内面、外部と内部の素朴な二元論を、肉体のレベルで危うくする「内部へ出る」というこの表現に注目すべきだろう。

三島は『ツァラトゥストラ』の翻訳者手塚富雄との対談「ニーチェと現代」（昭和四十一年）において、「わたくし、『ツァラトゥストラ』の影響をうけて短篇を書いたことがあるんですよ。「中世に於ける一殺人常習者の遺せる哲学的日記の抜萃」という長い題ですが、それは非常にニーチィズムなんです」といみじくも語っている。小説の断章的構成と歯切れのいい語り口の類似ばかりではない。「殺人といふことが私の成長なのです。殺すことが私の発見なのです」と言う「私」は、山から下りてきたツァラトゥストラが出会う人間たちにその都度語りかけ、鼓舞し、あるいは退け、否定するように、さまざまな他者を「殺す」のである。殺される他者は、また「私」のありうべき分身でもあって、したがってその他者を殺すことはその都度の自己否定でもあり、それがまた「成長」「発見」としての自己克服ないし自己肯定に直結する。「殺人者は知るのである。殺されることによつてしか殺人者は完成されぬ」、あるいは「殺しつゝ生き又不断に死にゆく」という言葉は、そういうことを意味しよう。そしてなによりも背後世界論（手塚訳では「背面世界論」）の否定こそが、この異様な短篇の通奏低音をなしていると言うべきだろう。背後世界論者を難詰する『ツァラトゥストラ』の一節の次には、しかも「肉体の軽侮者」を非難して、こういう言葉が語られるのだ。「君はおのれを「我」と呼んで、このことばを誇りとする。しかし、より偉大なものは、君が信じようとしないもの――すなわち君の肉体と、その肉体のもつ大いなる理性なのだ。それは「我」を唱えはしない。「我」を行なうのである」。これは三島の肉体論の基底をなす思想と言ってもいいだろう。

澁澤龍彦は、三島の肉体概念に対して、巧みにも「外部と内部の弁証法」という言い方をしている（『三島由紀夫おぼえがき』）が、三島の肉体概念についてばかりでなく、その文学世界そのものについても端的にほぼこの表現を用いることができると言っていいのではあるまいか。拙論は、この「外部と内部の弁証法」をテクストに即して私なりにいささか仔細に探り、あるいは敷衍するものにほかならない。

ここで注意すべきは、この「弁証法」において突然のようにある特権的な比喩《メタファー》が登場することだ。以後、三島の小説に執拗に登場を繰り返すことになる強迫観念的なメタファーである。それは、薔薇である。花を摘むように「死」をコレクトする

「私」だが、遊女紫野《しの》の殺害の記述のあとに、こういう文が続く。「陥没から私の投身が始まるのだ。すべての朝が薔薇の花弁の縁《ふち》から始まるやうに」。そして三島は、「一つの薔薇が花咲くことは輪廻の大きな慰めである」と記している。

薔薇の花の咲くことが、なぜ「投身」や「輪廻」の観念と結びつくのか、三島はなんら説明しようとしない。三島はこの『中世に於ける一殺人常習者の遺せる哲学的日記の抜萃』とほぼ同時期に書いた（昭和十九年中頃と推定されている）とおぼしい『廃墟の朝』と題する覚書ふうの文章のなかで、こう書いている。

花が咲くとは何といふ知恵のかゞやきでせう。咲くとは何といふ寂しく放胆な投身の意味。外へ擲《なげう》つことが却つて中へ失はしめる勇気のあらはれです。内外の間に存するものをそれは捨てもせず生かしもせずきはめて爽やかに殺さうと試みるのでした。

花が咲くことへの問いを重ねながら、三島はそれを「訪れ」、「海の訪ひ」のようなものだと言う。「輪廻のやうに音立ててゐるあの海の訪れ」だと。そして三島は「実在は薫り高い薔薇に等しかつた」とも書いている。論理的説明なしに詩的直観のように綴られる、投身、輪廻、薔薇、海の観念連合。若き日のこの詩的直観は、終生三島を支配し続けることになるだろう。この『廃墟の朝』のなかには、こんな文章も見いだせる。

委ね切つた放心の奇蹟のなかに、影のやうに姿を見せるもの、それらを古へ人はいみじくも天人とよびました。天人は衰へしづかに死ぬ。

三島最後の小説『豊饒の海』第四巻『天人五衰』の核は、すでに早くもここにおぼろに姿を見せている。

三島の小説や戯曲のなかで薔薇がどのように言及されるかを逐一拾い上げていくことも無意味な作業ではない。ちなみに、堀江珠喜『薔薇のサディズム――ワイルドと三島由紀夫』（英潮社、一九九二年）は、薔薇のメタファーに着目しつつ三島文学を特にオスカー・ワイルドとの関係において考察した比較文学的論考だが、たしかに「花ざかりの森」の翌年、昭和十七年に発表された短篇「苧菟《おつとお》と瑪耶《まや》」に見える「まつ白な」薔薇の花をほとんど唯一の例外として、ワイルドの童話「ナイチンゲールと薔薇」において白薔薇を真紅に染めるためにナイチンゲールみずからの血を必要としたように、三島の薔薇がつねに血を連想させずにはいない赤い薔薇であることから、「サディズムの華」を問題にすることは間違いではないかもしれない。しかし「薔薇のサディズム」はまた同時に「薔薇のマゾヒズム」でもあるかもしれず、いずれにせよたんにサド／マゾという概念で三島の薔薇を論じつくすことはできないと私は考える。「外部と内部の弁証法」に関係する「薔薇のバロキスム」というのが私の視点である。

『岬にての物語』に、こんな一節が挿入されている。「触れてみるとしつとりとした薔薇色の弾力といひ、緑の葉の上に落したあざやかな翳といひ、現《うつつ》の薔薇であることはまぎれもないのに愕《おどろ》く折、つとその上へ、蝶番《てふつがひ》の軋《きし》りと共に、あけられた鎧扉《よろひど》の影が走つて、その窓から別荘の住人が気軽な挨拶などを投げかける、……こんな場合には不思議の感が極まりもしよう」。佐藤春夫の短篇『西班牙犬の家』（大正三年）をちょっと連想させないでもない一節だが、十一歳の「私」が実際に発見した「荒廃した小さな洋館」は、「よくみれば手入れをせぬために貧しい花の幾つかをしかつけなくなつた葉のみ夥しい薔薇の一群も門から戸口への径の側にあつた」。そこからオルガンの音《ね》とともに「……夏の名残の薔薇だにも／はつかに秋は生くべきを……」という女の歌声が聞こえてくるのである。不思議な軋りを立てるオルガンの音とともに、この歌が「悲劇的なもの」を予感させずにはいない。

そのタイトルもズバリ『薔薇』という昭和二十四年執筆の短篇がある。「君は薔薇に殺された詩人を知ってゐるか？」という書き出しで始まる、エッセイとも小説ともつかない文章である。一九二六年に五十一歳で白血病のために死んだライナー・マリア・リルケのその死の場面を扱っている。スイスのとある城を訪れたリルケは、その庭に咲き乱れる薔薇の群落に近づき、「恰《あた》かもまどろんでゐると見える見事な一輪の薔薇」を鋏で切り取ろうとした際、鋭利な棘が手のひらに深く突き刺さる。この傷がもとでリルケは二月《ふたつき》後にみまかったという話である。もとより、リルケは白血病で入院先の診療所において息をひきとったのだから、彼が仮に薔薇に傷つけられたという事実があるにしても、この話はあくまでも三島ならではの虚構である。

『仮面の告白』のなかにも、アンデルセン童話の『薔薇の妖精』の、「恋人が記念《かたみ》にくれた薔薇に接吻してゐるところを大きなナイフで悪党に刺し殺され首を斬られる美しい若者」に心奪われたと「告白」するくだりがある。「殺される王子」の幻影は、薔薇と死の観念連合とともに成立する。あるいは緋の薔薇の描かれた母の着物の帯で子供の「私」は自分を「ぐるぐる巻き」にするのである。

あるいは、戯曲『サド侯爵夫人』（昭和四十年）。これは「澁澤龍彥著『サド侯爵の生涯』に拠る」と明記された戯曲だが、三島は澁澤のこの著書（桃源社、昭和三十九年）について、「恐しいほど明晰な伝記」と題する書評（『日本読書新聞』昭和三十九年十月二十六日）をすでに書いている。三島の戯曲が発表された雑誌『文芸』（昭和四十年十一月号）には、同時に澁澤の「サド侯爵の真の顔——三島由紀夫「サド侯爵夫人」について」というエッセイが付されていて、彼らの二人三脚ぶりが否応なく示されている。

ところで、澁澤龍彥は、土方巽の著書『病める舞姫』（白水社、一九八三年）の巻末に掲載された「土方巽について」という文章のなかで、「近ごろ、六〇年代を懐古的に語る風潮があるようだが、私はそういう風潮にいっかな馴染むことができない」と書いている。「六〇年代」とは、ちなみに昭和三十五年から四十四年までのことである。澁澤は、こう続けている。「思い入れたっぷりに、六〇年代の昂揚だとか熱気だとかいったことを口ばしっている連中を見ると、その度しがたい感傷主義とオプティミズムに私はつくづくうんざりする。骨の髄まで愚かな俗衆、そんな感じがする」と。まことにきつい口調である。澁澤は、「現在からの逆遠近法」、「私の個人的な遠近法」によってしか、六〇年代という時代を眺めることができないと言っているのだ。

あたかも現在と切り離されているかのように、個々人の経験と眼差しを抜きにして誰もが等し並に「懐古」しうるような客観的な六〇年代というものがあるわけではない。澁澤はそう言っているのだ。土方の死（一九八六年一月二十一日）の三年前、みずからの死の四年前の文章だが、澁澤はいよいよニーチェの言う運命愛《アモール・ファティ》の自覚を強めているように思える。

　その澁澤の「個人的な遠近法」のなかに現れる「六〇年代」を象徴的に告知するのが、まさに一九六〇年の七月と十月に開かれた二つの「エクスペリエンスの会」であろう。前年の「禁色」公演で衝撃の登場を果たしたと言っていい土方巽が、大野一雄、大野慶人らと共演したのが、七月の「DANCE EXPERIENCE の会」、諸ジャンルにわたる「六人のアヴァンギャルド」が一堂に会し、土方が「聖侯爵」を発表したのが、十月の「第二回六五〇 EXPERIENCE の会」である。

　そして、七月の公演を機に三島の紹介で澁澤と土方との交友が始まった次第については澁澤自身が語ってくれているが、その三島は、十月の公演プログラムに書いた「純粋とは」という文章をこう結んでいる。「そこで純粋とは、結局、宿命を自ら選ぶ決然たる意志のことだ、と定義してもよいやうに思はれる」と。三島は、純粋という言葉の意味を、芸術の各ジャンルが自己の存立条件を追求していくというモダニズムの純粋性志向の意味から、「宿命を自ら選ぶ決然たる意志」、まさしくニーチェの運命愛《アモール・ファティ》以外のなにものでもないところの意味へと突然に転換しているのである。三島の文章の調子は、なにか澁澤のそれと通底しているように思える。「度しがたい感傷主義とオプティミズム」を指弾する澁澤の口吻は、「宿命を自ら選ぶ決然たる意志」を強調する三島のそれに似ている。運命愛《アモール・ファティ》が、両者をつなぐキー・コンセプトである、そんな感じがするのだ。いずれにせよ、両者の「運命」の交叉は、澁澤のサド論にもとづいて三島が『サド侯爵夫人』を書いたときに、誰の目にも明らかとなった。

澁澤は、「三島氏が六人の女性のみを登場人物とし、六人の女性の魂の鏡に映じたサドの幾つかの顔によって、男性としてのサドの全体像を浮きあがらせようと試みたのは、賢明であった。サドの姿は一度も舞台の上にあらわれないにもかかわらず、六人の女性ひとりひとりの背後に、大きな翳《かげ》となって立っている」、と的確に要約している。澁澤はのちにジルベール・レリーの『サド侯爵――その生涯と作品の研究』（一九六七年）をみずから日本語訳し、奇しくも三島自決の年、昭和四十五年に筑摩書房から刊行しているが、私にはレリーのこの書物よりも澁澤自身の著書のほうがはるかに細かな目配りがきいているように思われる。「フランスにおける新研究の成果とも相俟つて、サドの生涯はほぼ天日の下にあきらかになつたといふ感じがする」、と三島も書いているとおりである。「そして、まづ第一に気づくのは、サドが実生活においては、ほんの子供らしい、問題にするに足りない犯罪しか犯してゐないといふことである」、と三島は続けている。「もつとも作家的興味をそそられたのは、サド侯爵夫人があれほど貞節を貫き、獄中の良人《をつと》に終始一貫尽してゐながら、なぜサドが、老年に及んではじめて自由の身になると、とたんに別れてしまふのか、といふ謎であつた。この芝居はこの謎から出発し、その謎の論理的解明を試みたものである」、と三島はみずからの戯曲を要約している。

女たちだけのドラマ。三島によれば、ちなみに、これと対をなすのが、男たちだけのドラマ『わが友ヒットラー』(昭和四十三年)である。不在のサド侯爵について六人の女性たちがほとんど身動きせずに立ったままひたすら語り合うという、三島によれば「女性によるサド論」、一種のレーゼドラマ(もっとも、これは新宿の紀伊國屋劇場で早くも昭和四十年十一月に松浦竹夫演出で劇団NLTによって初演され、これを高校生だった私も観に行っており、とりわけ南美江のモントルイユ夫人と丹阿弥谷津子の侯爵夫人ルネとの対決場面の凄まじい迫力に息を呑んだ記憶がある)だが、そこでサン・フォンはこう語っている。「侯爵の御病気の特徴は、快さなのですわ。傍目にはどれほど忌はしく見えても、その中に薔薇が隠れてゐる御病気なのですわ」

ちなみに、三島の『サド侯爵夫人』は、一九七六年（昭和五十一年）にアンドレ・ピエール・ド・マンディアルグによって仏訳された。この作品の上演のために、マンディアルグはルノー・バロー劇団とともに一九七九年に来日して、これをフランス語のまま上演しているが、残念ながら私はこの舞台を観ていない。マンディアルグは、『サド侯爵夫人』訳出と同年、一九七六年執筆の短篇『一九三三年』（『刃の下』露崎俊和訳、白水社、一九九六年、所収）の巻頭に「三島の魂に」と献辞を掲げ、また一九八三年には三島の薔薇へのオブセッションを承けるかのように、一人の日本人女性のパリにおける奇態な死のパフォーマンスを主題とする小説『薔薇の葬儀』（田中義廣訳、白水社、二〇〇一年）を刊行している。

ところで、『中世に於ける一殺人常習者の遺せる哲学的日記の抜萃』に見える薔薇と輪廻との観念連合は、その四半世紀後に書かれた『豊饒の海』に際立った姿で再登場する。第二巻『奔馬』（昭和四十四年）の主人公、二十歳の大学生テロリスト飯沼《いいぬま》勲《いさお》は、獄舎で自分が女に変身する夢を見たあと、釈放祝いの酒に酔って眠っているあいだに、「ずつと南だ。ずつと暑い。……南の国の薔薇の光りの中で。……」という寝言を洩らす。自決の二日前のことだ。第三巻『暁の寺』において、シャムの王女に転生して再び現れるための作者による周到な布石だが、勲の死の八年後、物語全体の傍観者にして認識者、視線と言葉の主体たる本多繁邦は、勲のこの言葉を確かめるためのように、バンコックの薔薇宮を訪れる。薔薇宮は、こう描写される。

　薔薇宮はそれ自体が自分の小さな頑なな夢のなかに閉ぢこもつたかのやうだつた。翼楼もなく展開部もない一つの小筥《こばこ》のやうな建築の印象がこれを強めた。一階はどれが入口かわからぬほど多くの仏蘭西《フランス》窓に囲まれてゐたが、その一つ一つが薔薇の木彫を施した腰板の上部に、黄、青、紺の亀甲の色硝子《ガラス》を縦につらね、そのあひだにさらに近東風の五弁の薔薇形の紫硝子の小窓を塡め込んでゐた。庭に面した仏蘭西窓は、悉く半びらきにひらいてゐた。

［中略］

　殿中いたるところに薔薇紋様は執拗に繰り返されてゐた。白枠に金塗りの中二階の欄干は、すべて透かし彫の金色《こんじき》の薔薇をつらねてゐた。高い天井の中央から垂れた巨大なシャンデリアも、金と白の薔薇に縁取られてゐた。足下を見れば、敷きつめた緋の絨毯も薔薇であつた。

薔薇のモチーフだけで造られたかのようなこの薔薇宮の奥から、満七歳の月光姫が姿を見せるわけだが、しかし三島のこの執拗な描写は、ただ輪廻転生の説明のための次の一節を導き出すために用意されたようにも思える。

たとへば薔薇は美しい花だといはれ、薔薇といふ名がほかの花と区別せられ、どんなに美しい花かを確かめるために、われわれは薔薇の前に来て、それがいかに他の花とちがふかを認識する。薔薇はまづ名としてあらはれ、概念が空想をそそり、そそられた空想が実体に触れ、その匂ひ、その色、その形が記憶に貯へられる。あるひは名も知れずに見た花の美しさが心に染み、認識慾が起り、その名を薔薇と知つて、自分の概念世界の一つに組み込むにいたる。

仏教の唯識論哲学の説明が延々と続くいささか煩瑣な箇所に含まれる一節だが、三島は意識的にか無意識的にか、ここで美学の近代と鋭く交叉したと言ってもいいだろう。カントの『判断力批判』(一七九〇年)は、「この薔薇は美しい」という判断をもって「純粋な美的判断」とすることを議論の中心に据えているからである。ちなみに、三島がカントについて唯一言及しているのは、昭和二十八年の「フロイト「芸術論」」という短いエッセイにおいてである。三島はそこでこう書いている。

フロイトは中学生のころ私の座右の書であつたが、今この「芸術論」を再読してみて、カントが芸術にぶつかつて「判断力批判」で失敗したやうに、フロイトも芸術でつまづいて、ここで最もボロを出してゐると思はれるところが多い。極度に反美学的考察のやうにみえながら、実はフロイトが陥つてゐるのは、美学が陥つたのと同様の係蹄である。

フロイトは、精神分析の芸術への興味はきわめて限られたものであるとして、芸術へのその「応用」には明確な限界を課してはいる。実際、レオナルド・ダ・ヴィンチとミケランジェロを対象とする論文を除いて、フロイトの芸術論は文学作品に限定されている。ヴィルヘルム・イェンゼンの小説『グラディーヴァ』に始まり、シェイクスピアやゲーテやホフマンやドストエフスキーの作品をめぐる論考がそれである。つまるところ、精神分析的言説、精神分析的芸術論は、考古学《アルケオロジック》（始原学）的であると言っていい。それは、つねに「始まり《アルケー》」を、失われた過去を、抑圧された欲望を、傷を志向する。考古学（始原学）的であるかぎりにおいて、それは推理小説にも似た面白さを発揮するが、しかしその還元主義によって出発点たる芸術作品は無化されてしまう。暴きだされた「傷」によって芸術作品のありようを説明し保証することはできないからだ。三島が「最もボロを出してゐる」と言うのは、多分そういうことだろう。

カントの『判断力批判』は、しかし、芸術にぶつかって失敗したというよりは、そもそもそこで芸術は初めから具体的に美的判断の対象として位置づけられていない。それは基本的に芸術抜きの、あるいは芸術を括弧入れした美学的考察なのである。新教国のカントには、宗教権力にまみれた旧教的、カトリック的な、とりわけバロック芸術に対する密かな反感があったと思われる。彼の言う「純粋な」美的判断、あるいは「美の無関心性」とは、そうした宗教的ないし倫理的なものがいっさい混じらず、またいかなる現実的欲望をも喚起しない判断のことである。それこそがフランス革命の翌年、一七九〇年に刊行された『判断力批判』の革命性とも言うべき所以だが、主観的個別的美的判断の普遍妥当性への要求を、結局は想定された「美的共通感覚」の存在に根拠を求め、芸術を創造する「天才」の範例性を能産的自然の概念に依拠せしめるなど、その美学的言説は一種循環論法的な様相を帯びているきらいがないわけではない。三島の言うカントの「失敗」とは、まさにそうした基本的立場そのもののしからしめるところであったに相違ない。

いずれにせよ、カントは薔薇の「純粋な美的判断」から薔薇の花の匂いといった質料性もいかなる概念的認識も排除したが、ちなみに、それよりも二百年近く前、シェイクスピアが、その『ソネット集』（一六〇九年）のなかで、奇しくもカントへのあらかじめの反論ともいうべきこんな詩を詠んでいることに注意しよう。「薔薇の花は美しい。だが、そこにかぐわしい香りがひそめばこそ、なおさら美しいと思えるのだ」（高松雄一訳）。この「薔薇（the Rose）」が数多の女性＝野薔薇（the canker blooms）の一群から抜きん出たひとりの特定の女性を指すとの解釈もあるが、いずれにせよシェイクスピアは薔薇の美しさを、あるいはその存在を全体として受け止めようとしている。『サド侯爵夫人』のなかで、ほかならぬ夫人のルネもこう語っている。

私はともするとあの人の陽気な額、輝く眼差の下に隠されてゐた、その影を愛してゐたのかもしれませんの。薔薇を愛することと、薔薇の匂ひを愛することと分けられまして？

ところで、ニーチェは、その『悲劇の誕生』の註釈ともいうべき「ディオニュソス的世界観」(一八七〇年)という文章のなかで、次のように述べている。

しかし美とは何であるか?――「薔薇は美しい」とは単に、薔薇はすぐれた仮象を持っている、薔薇は魅するごとくに光り輝くものを具えている、ということを意味するにすぎない。その本質に関してはこれによって何事も言表すべきではない。薔薇が魅惑し、薔薇が快感を呼び起こすのは、仮象としてである。すなわち、意志は、薔薇が仮象として現われることによって満足させられ、生存に対する快感はそのことによって促進せられたのである。薔薇は――その仮象から見れば――その意志の忠実なる模像である。すなわち、模像たるこの形態と一致せるものである。薔薇は、その仮象から見れば、その種族的規定に適合している。薔薇がそうであればあるほど、薔薇はますます美しい。その本質から見て、かの種族的規定に適合するときは、薔薇は「すぐれた」ものなのである。

(塩屋竹男訳)

『判断力批判』におけるカントの議論を明らかに踏まえたうえで、その「目的なき合目的性」というくだんの概念をニーチェなりに説明しようとしている箇所と見ることができよう。もっとも、「仮象」とか「意志」とか、いかにもショーペンハウアー的な語彙を用いてはいても、つまるところカントの議論と別様のことを言っているわけではない。三島の一節のほうが、カントの議論と交叉しつつしかもそれとは際立った差異を示していると言えるだろう。『暁の寺』において三島は、「その匂ひ、その色、その形」に言及しながら、しかも薔薇をたんに美的判断の対象とするばかりではない。それは世界を、宇宙を、輪廻転生を直観させる特権的形象である。なによりも薔薇の花のありようへのただならぬ執着がある。

『豊饒の海』最終巻『天人五衰』においては、しかし、薔薇はただ一度、久松慶子からクリスマス・パーティーに招かれた安永透のタキシード姿を見た狂女絹江が、衿の釦穴《ボタンあな》に「赤い冬薔薇」をさしてやる場面に登場するばかりである。「……小輪の真紅の冬薔薇の、蕾《つぼみ》がひらきかけたばかりのを、女中に採らせて手づから透の釦穴に飾つた」と。この薔薇が、慶子によって透の「偽物」たることが暴かれるにいたる残酷な場面とその後の帰趨を象徴するかのように。

昭和三十三年に発表された『薔薇と海賊』という戯曲がある。三島自身によれば、「ヒロインの女流童話作家と、童話ファンの白痴の青年との恋愛劇」だが、この奇妙なタイトルは、三十七歳の女流作家を彼女の描く童話の国のなかのニッケル姫と、そして自分自身をユーカリ少年と思いこんでいる三十歳の青年が、自分を勇気づける薔薇の模様のついた短剣を持ちながら、自分の敵をすべて海賊と呼ぶところから来ている。薔薇と海賊とは、いわば夢とその夢を壊す現実との二律背反を象徴する言葉でありながら、その現実がまた海賊という夢の言葉で呼ばれるところに、二律背反がたんに二律背反では片付けられぬ所以がある。三島は、自動車に轢かれて即死し、そして幽霊になって再登場する二人の登場人物に、「薔薇の外側は内側」、あるいは「薔薇こそは世界を包みます」と言わせている。

「あとがき」で、三島はまた薔薇という文字そのものについて、こう書いている。

薔薇といふ字をじつと見つめてゐてごらん。薔の字は、幾重にも内側へ包み畳んだ複雑なその花びらを、薇の字はその幹と葉を、ありありと想起させるやうに出来てゐる。この字を見てゐるうちに、その馥郁たる薫さへ立ち昇つてくる。

この戯曲の文学座による初演のプログラムに、三島自身、「世界は虚妄だ、といふのは一つの観点であつて、世界は薔薇だ、と言ひ直すことだつてできる」と書いている。ショーペンハウアー流の世界観を意識しての言葉だろうか。いずれにせよ、薔薇を論じること、薔薇について考えること、それが三島の文学的世界を俎上にのせることであるとすら言えそうである。

この戯曲はまた、三島自決のわずか一ヶ月前、昭和四十五年十月に劇団浪漫劇場によって再演されたが、そのプログラムに三島はこう書いている。

薔薇といふ詩人の内的原理は、薔薇といふ花の玄妙不可思議な変容の性《さが》によつてさまざまなものに変容したけれども、そのもつとも隠された本質が薔薇であることには変りがない。それこそはオーブリー・ビアズレエの「神秘の薔薇の園」の薔薇、W・B・イエーツの久遠《くおん》の薔薇、あるひは世阿弥の花、……すなはちもつとも深い内面がいつのまにか外面へつながつてひらいてゐるところの、もつともエソテリックでありながら、もつともエクソテリックな花なのである。日本流によれば、「幽顕一貫」の花こそ、この薔薇であらう。

ビアズレーの版画作品、イエーツの詩篇、世阿弥の能楽論をあえて持ちだすまでもない。ここにはみずからの文学の真髄、あるいは真髄たらんと願った三島のほとんど短い宣言、あるいは遺書と言ってもいいような主張がある。内面と外面、エソテリックとエクソテリックとの弁証法が、ここで「幽顕一貫」という卓抜な伝統的表現と結びつけられたのである。

ちなみに三島は、昭和三十六年九月から翌年の春まで半年間、写真家の細江英公に、みずからの裸体を被写体として写真を撮らせ、これを周知のように『薔薇刑』なるタイトルで昭和三十八年三月に集英社から刊行していた。撮影場所は、目黒の土方巽のアスベスト館、亀戸の廃工場跡、青山教会跡地の建築工事現場などもあったが、主として馬込の三島邸であった。三島の鍛えられた肉体をオブジェとする九十六枚の写真が収められている。これはじつに日本における初の男性ヌード写真集にほかならない。「薔薇をもつて罪を贖《あがな》う」ことを映像化したとの触れ込みだが、ダンヌンツィオの『聖セバスチァンの殉教』第四景における、「より深く俺を傷つける者こそ、より深く俺を愛する者なのだ」との、三島がその「あとがき」で「もつとも好きだ」というセリフをみずから演じ直したような写真集である。ここには薔薇の花を唇にあてて正面を睨みつける三島とか、薔薇模様のネクタイをつけ褌姿で呆然と階段にたたずむ三島とか、三島のメタモルフォーズがおびただしく横溢している。

薔薇への執着は、しかしながら近代日本において三島をもって嚆矢《こうし》とするわけではない。「棘原《うばら》」あるいは「茨《うまら》」の語の見える『万葉集』にまであえて遡るまでもない。ちなみに、『古今和歌集』（巻十）には、紀貫之のこんな歌が収められている。

われは今朝《けさ》うひにも見つる花の色をあだなるものといふべかりけり

「あだ」を「婀娜」、すなわち艶《なまめ》かしい、華やかの意にとるか、それとも「徒」、すなわちいたずらな、うつろいやすい、むなしいの意にとるかで解釈が分かれるが、それら両方の意味に掛けていると見るならいっそう歌の奥行きが増すだろう。私は今朝初めて薔薇の花を見たが、なるほど色鮮やかで華やかではあるがそれもうわべだけでいかにもむなしいものというべきだろうか、ということになる。ここに「朝《さ》うひ」という括りをあえてすることで、「薔薇《さうび》」という語が隠されていると見るわけである。大陸から渡ってきた庚申《こうしん》薔薇を指しているとおぼしい。桜に代表される日本的美意識を背景にして詠まれた微妙にして巧緻な歌ではある。

いずれにせよ、江戸時代の画家、伊藤若冲に《薔薇小禽図》という驚くべき花鳥画もあるように、日本において薔薇という存在は決してないがしろにされていたわけではない。とはいえ、薔薇が日本の花の想像界にしっかりとその存在を確保したのは、やはり近代になってからと言うべきだろう。

いかに東方起源かもしれないとはいえ、しかし、薔薇にさまざまな意味を付託し、それをたとえばアフロディテないしヴィーナスのアトリビュートとして採用し、神話や宗教や芸術の不可欠の要素として採りこみ、隠喩や象徴や寓意や家紋として、あるいは教会のステンドグラスの薔薇窓として、あるいはドイツの定かならぬ友愛組織、薔薇十字団や、十五世紀イギリスの薔薇戦争などの呼称として用い、あるいは中世の『薔薇物語』からダンテ『神曲』（十四世紀）の壮大な薔薇の相を示す「天国篇」を経て、ウンベルト・エーコの『薔薇の名前』（一九八〇年）に至るまで連綿と文学作品のモチーフとして組みこみ、壮大な薔薇園を設け、画譜を制作し、改良に改良を重ねて新しい品種を生み出してきたのは、なんといっても西洋なのである。

そういえば、三島が『仮面の告白』のなかで「私」の女装趣味を説明する際に引き合いに出していたローマ帝国第二十三代皇帝マルクス・アウレリウス・アントニヌス・アウグストゥス、通称ヘリオガバルスは、アントナン・アルトーの『ヘリオガバルス　または戴冠せるアナーキスト』（一九三四年、多田智満子訳、白水社、一九九六年）のなかでは、「彼は一時期、薔薇を浮かした、薔薇の香料入りの葡萄酒の風呂に入っ

ローレンス・アルマ＝タデマ《ヘリオガバルスの薔薇》1888年、個人蔵

た」ことになっているが、四世紀に執筆されたとおぼしい『ローマ皇帝群像』によれば、彼は客人に薔薇の山を落として窒息死させることを楽しんだという。宴会に招いた客の上に巨大な幕を張り、その幕の上に大量の薔薇の花をのせ、宴会中に幕を切り、花を一斉に落として客を窒息死させたという風評が立ったのである。にわかには信じがたいエピソードだが、十九世紀末にこれを絵にした画家もいることを付け加えておこう。オランダ生まれでイギリスに帰化したローレンス・アルマ＝タデマ。その《ヘリオガバルスの薔薇》（一八八八年）という作品である。

そして西洋を薔薇で代表させ、対するに桜で日本を代表させるといった発想が、新渡戸《にとべ》稲造《いなぞう》の著書『武士道』（明治三十二年、一八八九九年）のなかで明文化されることになる。これは三十七歳の新渡戸がアメリカ滞在中に英語で執筆したものである。西洋対日本が、薔薇対桜に置き換えられ、しかもそれらの対立が、審美的なレヴェルにとどまらず倫理的なレヴェルにまで敷衍されている。「高雅優麗」な桜の単純さを欠き、棘を隠し、「恰も死を嫌ひ恐るるが如く」生命に執着し、華美なる色彩、濃厚なる香気を特質とする、そうした「薔薇に対するヨーロッパ人の讃美を、われわれは分つことを得ない」と新渡戸は断言している。

明治浪漫主義を主導することになる与謝野鉄幹にも、こんな歌がある。


日の本のさくらをとこは仏蘭西の薔薇の優男《やさを》と銃《つゝ》なめて打つ

フランスが西洋文明の代表とみなされ、日本対フランスが桜対薔薇という対立に置き換えられているが、その愛国的発露の形式は、新渡戸と同様である。

ところが、日本の近代は、新渡戸の「薔薇に対するヨーロッパ人の讃美を、われわれは分つことを得ない」という言葉とは裏腹に、総じて薔薇に対する新たな感性を醸成してきたと見なければならないだろう。日本近代の文学史、芸術史における薔薇狂いの系譜とでもいうべきものを辿ることさえできそうである。北原白秋、大手拓次、あるいは無類の薔薇狂いたる佐藤春夫、そして中井英夫……。三島由紀夫は、そうした系譜上に現れたまぎれもない薔薇狂いのひとりである。

V　薔薇のバロキスム

とはいえ、三島の薔薇が、いかにモダニズム的負荷を帯びているとはいえ、総じて浪漫派的と言っていいそれまでの薔薇狂いの系譜とは際立って異なる相貌を示すことにやはり注意しなければならない。すでに『中世に於ける一殺人常習者の遺せる哲学的日記の抜萃』に窺われたように、その特異性は、なによりもそれがほとんど人間の肉体に関するメタファーとして用いられることにある。薔薇の花弁のありようが、「外部と内部の弁証法」に恰好のイメージを提供してくれるのだ。

三島は、リルケの「薔薇の内部」（『新詩集』一九〇七年、所収）という詩を読んでいただろうか。薔薇の棘に傷つき白血病で死んだ詩人をモチーフに短篇を書くほどの三島だから、この詩を知らなかったということもまずありえまい。実際、『定本 三島由紀夫書誌』には、『薔薇――リルケ詩集』（堀辰雄・富士川英郎・山崎英治訳、人文書院、昭和十五年）の書名を確かめることができる。ここには都合二十四篇の「薔薇」を主題とする詩が収められているが、これらはリルケがフランス語で書き、その死後一九二七年に小冊子として刊行されたものである。しかしながら詩篇「薔薇の内部」は、ここに見いだすことはできない。いずれにせよ、三島の「外部と内部の弁証法」は、ひょっとしたらこれを淵源の一つとするのではないかと言いたくもなるような詩篇ではある。

どこにこのような内部を包む
外部があるのだろう。どのような傷に
この柔らかな亜麻布はのせるのだろう。
この憂い知らぬ
咲き切った薔薇の花の
内湖《うちうみ》にはどこの空が
映っているのだろう、ごらん、
薔薇はただそっと
花びらと花びらとを触れ合わし

今にもだれかのふるえる手に崩されることなど知らぬかのよう。
花はもうわれとわが身が
支え切れぬ。多くの花は
ゆたかさあまって
内から溢れ、
限りない夏の日々の中へ流れ入る、
次第次第にその日々が充ちた輪を閉じて、
ついに夏全体が一つの部屋、夢の中の
部屋となるまで。

（高安国世訳）

「オスカア・ワイルド論」（昭和二十五年）のなかに、「中世といふ甚だ逆説的な時代には、苦痛が快楽とされ、癩病人の傷口が薔薇の花と見られる理由があつた」とあるように、三島はすでに肉体の表面に現れる癩の症状のメタファーとして薔薇の花に言及しているが、戯曲『癩王のテラス』（昭和四十四年）ではこの比喩表現が前面に登場することになる。「若くて美しくて強くて」と言われる古代カンボジアの英雄王の二の腕の赤い斑紋に気づいた第一王妃が、「どうなさいました？　赤い支那薔薇の花びらのやうな痣《あざ》が左のお腕に」というセリフが、このドラマの始まりを告げる。噂を耳にした村娘も、こう言う。「はじめの兆は美しいのですつて？　王様の滑らかな逞《たくま》しい琥珀の腕に、丁度支那薔薇の花びらの刺青《いれずみ》をしたやうに、まるで燻《くす》んだ赤い支那薔薇の」。支那薔薇とは、学名 rosa chinensis（ロサ・キネンシス）、早くも紀貫之の和歌に詠みこまれていたとおぼしい、あの大陸原産の赤い庚申薔薇のことである。

この戯曲の特異性は、肉体を崩壊させる病と引き換えのように完成を見る壮大な大伽藍バイヨンを前にして、最後の場面で、死にゆく王の「肉体」と「精神」が分裂し、「肉体」が突然のように「精神」に呼びかけるところにあると言うべきだろう。「精神」が、「私の肉体は腐れ滅びた。そんな青空の高みで、ほこりかに、若いさはやかな声をあげてゐるのは、もはや私の肉体ではない」と言うと、「肉体」は、「何をいふ。おまへの肉体は一度だつて病み傷つき崩れたことはない。おまへの肉体はこのとほり、青春のかがやきに溢れ、力に充ち、黄金《こがね》を鋳て作つた像のやうに不朽なのだ。忌はしい病ひは、精神の幻だつたにすぎぬ」と返すのだ。「精神」と「肉体」とのこの痛切なやりとりこそ、三島が自死の前年に戯曲というかたちでみずからに問い、そして観客に突きつけた逆説にほかなるまい。「精神」が、「滅ぶのは肉体だ。……精神は、……不死だ」と力なく言うのに対し、最後に「肉体」は、「青春こそ不滅、肉体こそ不死なのだ」と叫ぶのである。ここで「精神」を「内面」と、「肉体」を「外面」と呼び変えることもできるだろう。

三島がひたすらみずからの肉体を鍛え始めた翌年、昭和三十一年に刊行された『金閣寺』のなかの決定的と思われる一節を引用しよう。三島はやはり内側と外側の問題にとらわれている。主人公の「私」は生来の吃音ゆえに関係性の障害があり、内側と外側のあいだの扉がうまくあいたことがない。そして自己の肉体に障害を抱えた彼は、もとより「悲劇的なもの」から隔てられている。

女の乳房を眼前にした「私」は、こう感じる。「美の不毛の不感の性質がそれに賦与されて、乳房は私の目の前にありながら、徐々にそれ自体の原理にとぢこもつた。薔薇が薔薇の原理にとぢこもるやうに」と。「又そこに金閣が出現した。といふよりは、乳房が金閣に変貌したのである」。おもては明るく輝きながら「豪奢な闇」を内部とする乳房＝金閣寺。美はおのずから距離化を孕み、その「不毛の不感の性質」によっていかなる欲望をも無化する。すでに『禁色』（昭和二十八年）において、いみじくも檜《ひのき》俊輔が南悠一に語っていたように、この美は「到達できない此岸」として現前する。美と欲望とは、カントの美の「無関心性」の議論をあらためて想起するまでもなく、基本的に背馳するものなのだ。欲望の無化を前提として美は現象する。しかも金閣寺は絶対的に他者性の美であり、まさに到達不可能な理想、超越的な原理そのものである。それが悲劇的な美として虚空に佇立するためには、眼前の現実の金閣寺は滅ぼされて然るべきである。「私の内界と外界との間のこの錆びついた鍵」をみごとにあけるために、というのが主人公の論理である。その彼が、こう述懐する。

内側と外側、たとへば人間を薔薇の花のやうに内も外もないものとして眺めること、この考へがどうして非人間的に見えてくるのであらうか？　もし人間が精神の内側と肉体の内側を、薔薇の花弁のやうに、しなやかに翻へし、捲き返して、日光や五月の微風にさらすことができたとしたら……

内と外の二元論を危うくする薔薇の花弁という美しい比喩。「内部へ出る」という表現の一つの恐るべき変容であろう。そして肉体内部の内臓ですら、西洋バロック期の解剖図に見られるように、衣服の襞のように、あるいはスウェードやヴェルヴェットのように、あるいはそれ自体が肉体を覆う皮膚のように外的な存在性を誇示して奇妙な美しさに輝く一つの表面となる。それこそが「薔薇の原理」であるように。いま引いた一節の直前で、三島はそう主張しているようだ。空襲のために腸の露出した工員が担架で運ばれていく様子を見た主人公は、こう語るのだ。

なぜ露出した腸が凄惨なのであらう。何故人間の内側を見て、悄然《しょうぜん》として、目を覆つたりしなければならないのであらう。何故血の流出が、人に衝撃を与へるのだらう。何故人間の内臓が醜いのだらう。……それはつやつやした若々しい皮膚の美しさと、全く同質のものではないか。

露出した腸の美しさ。バロック的と言えば、これほどバロック的なものはない逆説的な表面の肯定。これこそ三島由紀夫のバロキスムとでも言うべきものである。そしてそれはまた「薔薇のバロキスム」とも呼ばれうるだろう。

われわれは、この露出した腸に、『金閣寺』の五年後に刊行されたあの『憂国』のなかで劇的に再会することになるだろう。

中尉がやうやく右の脇腹まで引廻したとき、すでに刃はやや浅くなつて、膏《あぶら》と血に辷《すべ》る刀身をあらはしてゐたが、突然嘔吐に襲はれた中尉は、かすれた叫びをあげた。嘔吐が劇痛をさらに攪拌して、今まで固く締つてゐた腹が急に波打ち、その傷口が大きくひらけて、あたかも傷口がせい一ぱい吐瀉するやうに、腸が弾《はじ》け出て来たのである。腸は主《あるじ》の苦痛も知らぬげに、健康な、いやらしいほどいきいきとした姿で、喜々として辷り出て股間にあふれた。

ショッキングなシーンである。映画では豚の腸が用いられたと聞いた。軍服をはだけた三島の鍛えられた肉体の切り裂かれた下腹から血まみれの腸が飛び出し、まさしく「股間にあふれた」のである。三島はなによりもこのシーンを撮りたいがために映画を製作したと言っても過言ではないのではあるまいか。フランスの映画祭では失神者が出たとも伝えられた。執拗なまでに克明な描写である。文章でも映像でも、三島は即物的《ザッハリヒ》なまでに冷徹に、冷たい熱狂をもって切腹の委細を追う。『金閣寺』の吃音の主人公が見た光景を今度はみずからの手で再現するかのように、そして来たるべきおのが未来の行為をあらかじめかたどるかのように。

『金閣寺』は、昭和二十五年に同寺の青年僧によって実際に引き起こされた金閣寺放火全焼事件に想を得て書かれた小説である。犯人は検挙され、懲役七年の刑で服役したが、のちに精神障害と肺結核のため医療刑務所に移され、結局五年後に釈放されたが出獄後四ヶ月で死んだ。いずれにせよ、犯人が事件の際に死ななかったという事実があるため、三島のこの観念的小説においても、犯人たる「私」を殺すわけにはいかなかった。三島はこれを美への憧憬と憎悪のアンビヴァレンスの物語として虚構した。

放火の直前、ここでも「私」は金閣寺の美についての思弁を展開する。

美が金閣そのものであるのか、それとも美は金閣を包むこの虚無の夜と等質なものなのかわからなかつた。おそらく美はそのどちらでもあつた。細部でもあり全体でもあり、金閣でもあり金閣を包む夜でもあつた。さう思ふことで、かつて私を悩ませた金閣の美の不可解は、半ば解けるやうな気がした。

「私」にとって圧倒的な美的存在でありながら、ときにごくつまらない、醜くさえある建物、「古い黒ずんだ小つぽけな三階建」にすぎないとも思われた金閣は、放火を前にいまやその「美の不可解」の理由を明かしてくれるようだ。

美は細部で終り細部で完結することは決してなく、どの一部にも次の美の予兆が含まれてゐたからだ。細部の美はそれ自体不安に充たされてゐた。それは完全を夢みながら完結を知らず、次の美、未知の美へとそそのかされてゐた。そして予兆は予兆につながり、一つ一つのここには存在しない美の予兆が、いはば金閣の主題をなした。さうした予兆は、虚無の兆だつたのである。虚無がこの美の構造だつたのだ。

三島はここでなにを言おうとしているのか。一つ一つの細部にも、それらの細部によって構成される金閣寺という建物全体にも「美」が宿って「完結」するわけではなく、「次の美、未知の美」へと開かれていく。美は有限の形式には収まらない。美は知覚的に現前する形式からつねにはみ出ていく。まさしくポール・ヴァレリーが「芸術と美学」（『カイエⅡ』一九三三年）なるエッセイにおいて、「美」の定義として挙げた「有限の形式のもとでの無限」という定式のように。しかし三島は「無限」と言わずに「虚無」と言う。「ここには存在しない美の予兆」が「虚無の兆」であると。

現前する金閣寺そのものに「美」が宿っているわけではなく、それが「虚無」の予兆に包まれ、「虚無」を指向させるものなら、知覚的に現前する金閣寺は存在しなくても構わない。「美」はあくまでも現前する形式を超越するイデアのようなものである。こうした思弁が、「私」による現実の金閣寺放火を理由づけることになるだろう。

そして三島はここでもまた外部と内部の問題を持ち出してくる。三層からなる金閣寺のいちばん上の階を、まさしく究極の頂きとして究竟頂《くきようちよう》と呼ぶ。すでに燃え上がろうとするこの究竟頂の扉を放火犯の「私」は必死に開けようとするが、鍵がしっかり掛かっていてどうしても開けることができない。「私」はそこを死場所にしようと思ったのだが、煙にむせて死の計画に挫折し戸外へ飛び出す。究竟頂の内部は金箔が貼りつめられているはずで、「私」はその眩ゆい小部屋に憧れていたのである。扉をこじ開けて内部に入ることが死に直結するとすれば、これは肉体の内部をさらけ出すことで外部と内部の二元論を無効にするという、三島特有の論理のいわば建築版であると言えよう。しかし「私」は、内側と外側との間のその「扉」をついに開けることができないのである。

猪瀬直樹『ペルソナ――三島由紀夫伝』(文藝春秋、一九九五年)は、「作家」三島由紀夫を論じたじつに緻密な労作だが、この究竟頂が開かないことで、「そこにはもっと別のなにか、その名称通りの究極の世界、触れてはならない場所、が残されたのだ」と言う。「のちに三島が自決する時代、戦後民主主義が一九七〇年の万博や田中角栄的なものによって最もよく表現されてしまったとしたら、現実に対する幻想の最後の拠り所は担保されなければならない。それが三島にとっては、究竟頂に象徴されるものにほかならない」と。一方に「戦後民主主義」的な諸々の「現実」、それに対するに担保された「幻想」というわけである。なかなかに印象的な解釈だが、ここであえて「戦後民主主義」的な「現実」を措定し、それを究竟頂の「外部」に当てる必要もあるまいと思う。もう一度言うなら、これは端的に内部と外部に関する三島特有の論理の建築版と見て然るべきだろう。

肉体に刀を突き立てて内臓や血を外部化し、まさに死においてくだんの二元論を無効にするのと類比的な行為を、「私」は金閣寺において遂行することに失敗する。金閣寺は「私」の死において、肉体と、そして「私」と同義であるべく重ねられるはずだった。しかし燃え上がる金閣寺を山の上から眺めながら、「私」はタバコを咥《くわ》える。「一ト仕事を終へて一服してゐる人がよくさう思ふやうに、生きようと私は思つた」というのが、この小説の結びである。

これはあるいは敗戦後の日本において小説家として生き続けようというこの時点での三島の持続的意志を象徴する言葉かもしれないが、なにか三島らしからぬ印象の拭いきれない終わり方でもある。対談「美のかたち――「金閣寺」をめぐって」(『文芸』昭和三十二年一月)において、小林秀雄は、「どうして殺さなかったのかね、あの人を」と疑問を呈し、「でも、あれは独白だからね、生きてなきゃ書けないような体裁になってるから、困っちゃったんだろうね。(笑)」と一応の理解を示しながらも、しかし最後になお、「だけども、殺すのを忘れたなんていうことは、これはいけませんよ。作者としていけないよ。だけど、まあ、実際忘れそうな小説だよ。(笑)」と語り、三島が「(笑いながら)結論が出ちゃった」と言って対談は終わるのである。

三島は光クラブの山崎昇嗣《あきつぐ》をモデルとする小説『青の時代』をすでに昭和二十五年に上梓し、現実のモデルが自殺していたがゆえに主人公の自殺というかたちで小説を間然することなく完結させることもできていたのだが、しかしここではモデル小説という制約から意図的に逃れようとはしなかったためか、この徹底的に観念的に構築された小説は、三島の小説家としての力量をまざまざと感じさせると同時に、いかなる意味でも自己に回帰することのない絶対的な他者性の美を主題化することの困難さをも感じさせないではいない作品となっている。

主人公の死とともに理想宮が完成する『癩王のテラス』は、理想宮の消失とともに主人公が生き延びる『金閣寺』と、いわばその補償のように逆の構造を持つ戯曲として仕組まれたと見てもいいかもしれない。いずれにせよ『金閣寺』において果たされえなかった(あるいはあえて「担保された」と言ってもいい)この内部の外部化の問題を、三島は終生抱え続けることになるだろう。

Ⅵ　美しい無智者と醜い智者

三島が『金閣寺』刊行の前年、昭和三十年に書いた「芸術にエロスは必要か」というエッセイがある。プラトンの『饗宴』のなかで賢女ディオティマの語るエロス論にまず言及して、「重要なことは、エロスが智慧と無智の中間にをり、自ら智慧をもつゆゑに智慧を求めない神と、無智なるが故に智者になりたいとも思はぬ無智者との丁度中間にゐて、自分の欠乏の自覚から、智慧を愛し求めてゐる存在だといふことである」、と周知の議論を要約し、そしてこう続ける。「われわれがプラトンにおどろくのは、近代の芸術家の定義が、すでにこんなにも明確に、『饗宴』篇中に語られてゐるといふ点である」と。三島はそこから「無智者とエロス」という図式を引き出し、それを「無智者も芸術を生みうるか」という命題に結びつける。

三島が「芸術家」の例として具体的に論じるのは、しかし二十世紀のトーマス・マンの小説『トニオ・クレエゲル』（一九〇三年）における主人公トニオであつて、この小説を書いたトーマス・マンその人ではない。が、三島はこれを「芸術家の自覚に関する悲痛な告白」であるとし、芸術家たるトニオを「プラトン的エロスの申し子」と見る。生まれながらに欠乏の自覚を持ち、不器用でダンスも満足にできないトニオの目に、「雄々しい少年ハンス」と「美しい金髪の少女インゲ」の二人の人物が金色燦然と映る。トニオは「倒錯した芸術家の矜持」を持しつつ、自分とは「別種の人間」たる彼らに憧れ、彼らの美しさと凡庸さを愛する。三島はこう書いている。

トニオに明確なことが一つある。ハンスやインゲが、彼の芸術を理解するやうな人種だつたら、トニオは決してかうまでも、ハンスやインゲを愛さなかつただらうと思はれることである。ハンスやインゲは欠乏の自覚を持たぬ。彼ら自身に満足してゐる。何と、彼らは、そつくりそのまま、あの無智者ではないか！　ただ、美しい、といふ一点だけが無智者の条件に叶はない。彼らは「美しい無智者」だと言ひ直さう。

三島は、「肉体的な美と精神的な美を同一体系の中に置く」、あのディオティマの仕方がもはや通用せず、トニオの住んでいる世界では、肉体と精神はすでに分裂し、ただ欠乏の自覚において古代の芸術家の秘義に、エロスにつながっているだけだとして、こう書いている。「彼はおのれのエロス、おのれの欠乏の自覚が、分裂の意識をしかもたらさないならば、彼にとつて、芸術家たることと、統一的意識を持つこととが、二律背反であることに思ひいたる」と。

結論はない。現代において芸術家たることの不可避的な分裂の意識を俎上にのせたエッセイと言うべきである。だが、なによりも注目すべきは、三島がここで智と無智をめぐる議論に美的判断を導き入れて、「美しい無智者」という概念を鮮明にしていることであろう。

考えてみれば、「美しい無智者」は、すでに『仮面の告白』のあの近江として姿を見せていたのではないか。「私が力と、充溢した血の印象と、無智と、荒々しい手つきと、粗放な言葉と、すべて理智によつて些《いささ》かも蝕《むし》ばまれない肉にそなはる野蛮な憂ひを、愛しはじめたのは彼ゆゑだつた」、と「私」は言う。まるでハンスを愛するトニオのように。してみれば、三島は『仮面の告白』を一種の「芸術家」小説として構成しようとしたと見ることもできる。最後に「私」が官吏登用試験に合格し、官僚の道に入るという曖昧なかたちで小説を終わらせているにしても。

「眷恋の地」ギリシアで「精神」や「感受性」への嫌悪を露わにした三島は、帰国の二年後、昭和二十九年に、徹頭徹尾ヘレニスティックな「外面」的存在を造形してみせた。『潮騒』である。三島自身明言しているとおり、まさにヘレニズム期のロンゴス作『ダフニスとクロエー』を下敷きにした現代の恋愛小説である。レスボス島の山羊飼いの少年ダフニスと羊飼いの少女クロエーの物語を、歌島の漁師新治と海女の少女初江の物語へと置き換えている。歌島は、伊勢湾口の神島がモデルとなっている。三島はこの島を昭和二十八年に二度訪れてつぶさに取材したうえで小説を書き上げた。昭和三十一年の「「潮騒」のこと」という短い文章のなかで三島は、「当時は、前年ギリシアを訪れたためもあつて、私のギリシア熱の絶頂に達した時期であつた。何を見ても、ギリシアの幻影と二重映しに見えたのである」と告白している。新治と初江は、しかしダフニスとクロエーであるばかりではない。彼らはまたハンスとインゲでもある。『潮騒』は典型的な「美しい無智者」の物語にほかならない。

服部達は、『われらにとって美は存在するか』において、『潮騒』の自然描写における「眼前からのぞきこまれる」ような「触覚的遠近法」を指摘していた。オルテガ・イ・ガセット（「美術における視点について」一九二四年）なら「近視法」と言うところだろうが、むしろ特筆すべきは、三島の文学世界にしばしば姿を見せるあの「海」が、ここでは例外的に物語の主人公たちのなによりも身近な行動の場として、すなわち海女が潜る海、漁師が戦う波立つ海として、いうなれば肌に触れる（まさに「触覚的」な）海水として登場してきているることだろう。

それはもとより、『花ざかりの森』（昭和十六年）における、あの「あこがれ」の遠い対象としての海でもなく、『岬にての物語』（昭和二十一年）の少年が崖の上から覗き見る「不思議なほど沈静な渚」でもない。あるいは『真夏の死』（昭和二十七年）の、二人の子供をのみこんだ、持ち上がり崩れる波の轟きの「耳をつんざく沈黙」の海でもなく、また『海と夕焼』（昭和三十年）の、奇蹟の到来を信じながら、ついに二つに割れることなく、「夕日にかがやいて沈静な波を打ち寄せてゐた海」でもない。『午後の曳航』（昭和三十八年）において、具体的な描写がほとんどまったくないままに、たとえば、海から来た男が陸に留まろうとしたが故に少年たちに殺されることになる、その彼にあらためて想い起こされる、「あの海の潮《うしお》の暗い情念、沖から寄せる海嘯《つなみ》の叫び声、高まつて高まつて砕ける波の挫折……」といったような、観念性によって際立つ（あるいはまさに「遠視法」的な）「海」の存在性の、それは対極にあると言っていい。そして三島は、『春の雪』三十二章において、松枝清顕と本多繁邦の眼前に広がる「遍満した海」の描写に思い切り筆を走らせる。それが『天人五衰』の冒頭、十六歳の安永透の眼前に茫洋と広がる駿河湾の刻々と変化する海の描写へとつながることになるだろう。「日が曇るにつれて、海は突然不機嫌に瞑想的になり、鶯色のこまかい稜角に充たされる。薔薇の枝のやうに棘《とげ》だらけの波の茨《いばら》でいつぱいになる。その棘自体にも、なめらかな生成の跡があつて、海の茨は平滑に見えるのだ」いる。

三島は、『小説家の休暇』昭和三十年七月二十九日の欄に、いみじくもこう書いている。

私は自作「潮騒」のなかで、自然描写をふんだんに使ひ、「わがアルカディヤ」を描かうとしたが、出来上つたものは、トリアノン宮趣味の人工的自然にすぎなかつた。

「美しい無智者」だけの物語とその舞台に対する冷徹な自己認識というべきであろう。島やそれを取り囲む海の描写がいかに精緻であろうと、その作り物めいた「人工的自然」性の印象は免れがたいのである。

三島は、小説『潮騒』を上梓する前に『禁色』を書き上げている。もともと第一部と第二部に別れるが、第一部は雑誌『群像』に昭和二十六年(一月号〜十月号)に発表、第二部は雑誌『文学界』に昭和二十七年八月号から二十八年八月号に発表している。一部と二部とのあいだに執筆休止があるのは、三島が『アポロの杯』に結実する例のおよそ五ヶ月間ほどの海外旅行をその間にしているからである。いまでは第一部と二部の区別が排され、全三十三章の通しで読まれるようになっている。

『禁色』は、基本的に『トニオ・クレエゲル』の三島流拡大版と言ってもいい長篇小説である。「芸術家」トニオに相当するのは、小説家檜俊輔、「美しい無智者」インゲに相当するのは瀬川康子、そしてハンスに相当するのは南悠一である。とはいえ、悠一が「女を愛せない」同性愛者として設定されているところが、なにほどか『ヴェニスに死す』(一九一二年)のアッシェンバッハとタジオとの関係を思わせないではないにしても、やはりマンの小説とは決定的に違うところで、そこに三島の小説の展開可能性がすべて託されている。まず注目すべきは、三島がここではっきりと「美しい無智者」の対極概念として「醜い智者」を造形していることだ。老作家檜俊輔がそれである。

六十六歳の小説家は、三度目の全集の内容見本の表紙に刷られた自分の肖像写真を眺める。

それは醜いとしか言ひやうのない一人の老人の写真であつた。尤も世間で精神美と呼ばれるやうないかがはしい美点を見つけ出すことは、さして困難ではなかつたらう。広い額、削《そ》ぎとられたやうな貧しい頬、貪欲さをあらはす広い唇、意志的な顎、すべての造作に、精神が携はつた永い労働の跡が歴然としてゐた。しかしそれは精神によつて築かれた顔といふよりは、むしろ精神によつて蝕《むしば》まれた顔である。この顔には精神性の或る過剰が、精神性の或る過度の露出があつた。

「春恋の地」ギリシアにおける、あの「精神」、「過剰な内面性」の忌避の明言とまさに同じことが、『アポロの杯』にやや先行するかたちで、老小説家に対して言われる。しかもこれは小説家自身の自己認識でもある。ヘレニスティックな美とはまったく無縁の芸術家、「醜い智者」、それが檜俊輔だ。三島の忌避するはずの「感受性」「精神性」「内面性」の徹底的な体現者たるこの老作家の現実のモデル探しがしばしばなされるようだが、しかし彼の作品に対する「名声ある一批評家」の次のような一文が引かれていることに注意しよう。

いはば新古今風な、ロココ風なこの文体、言葉の真の意味における『人工的』な文体、思想の衣裳でも主題の仮面でもないところの、ただ衣裳のための衣裳の文体、そこにはいはゆる裸の文体と対蹠的なもの、パルテノンの破風に見られる運命の女神像や、パイオニオス作のニケ像に纏綿《てんめん》するあの美しい衣類の襞《ひだ》に似たものがあるのである。

まるで三島自身の書き物に対する「一批評家」の言のようではあるまいか。この自己言及的とも思える言葉に対して、当の老作家は、「まるで分つちゃゐない。まるで見当外れだ」と述懐するのだが、ここで注目すべきは、「パルテノンの破風に見られる運命の女神像や、パイオニオス作のニケ像」という、ギリシア彫刻への言及である。その「美しい衣類の襞」を作家の文体が思わせるというのだ。くだんの批評

パイオニオス作のニケ像、オリンピア考古学博物館

家は続けて、「流れる襞、飛翔する襞、［中略］それ自体流動し、それ自体天翔ける襞なのである」と書いている。

パルテノンの破風はともかく、ここでパイオニオスという名前が出てくるのは、いささか尋常ではない。勝利の女神ニケ像としては、ルーヴル美術館にあるあの《サモトラケのニケ》が有名だが、サモトラケ島で一八六三年に発見されたこの像の制作年代は紀元前三世紀から二世紀頃と推定され、作者も特定されていない。対するに、一八七五年にオリンピアのゼウス神殿近くで発見されたニケ像は、紀元前五世紀に活躍した、トラキア出身の彫刻家パイオニオスの作と同定され、空から舞い降りる姿を表象したらしいこの像は、オリンピア考古学博物館に収められて高い台座の上に立っている。

宙を舞い、あるいは軍船の舳先に立って、勝利を導くニケの衣裳は風を受けて身体にぴったりと張りつき、その輪郭をあらわに見せる。ヴィンケルマンやその理論的後継者ヨハン・ゴットフリート・ヘルダーは、衣裳が身体を被いながらも、しかもその微妙な襞のアクセントによって身体の美しい起伏と輪郭をシースルーのように見せる、古代ギリシア彫刻における技法的発明を「濡れ衣」と呼んだ。「濡れ衣」技法の卓越性は、身体が実際に濡れていなくても適用されるところにある。襞の表現こそが、少なくとも女性像に関するかぎり、ギリシア彫刻の真骨頂であると言っても過言ではない。襞を強調するこの批評家の言葉は、明らかにヴィンケルマン的な知識に裏打ちされていると見ていいだろう。

もとより、三島はヴィンケルマンを知悉していた。この小説のなかでも、「男性固有の美について敏感なのは男色家に限られてをり、希臘《ギリシャ》彫刻の男性美の大系がはじめて美学の上に確立されるには、男色家ヴィンケルマンを待つ要があつたのである」という一文を挿入している。いずれにせよ、三島はここで、あまりにもよく知られた《サモトラケのニケ》を避け、いささか衒学的に比較的知られざるパイオニオス作のニケ像をあえて持ち出してきたものと思われる。『アポロの杯』の「アテネ及びデルフィ」の項に、しかしこの作品への言及はない。

いずれにせよ、檜俊輔の文体に「一批評家」の言葉を介していくばくかギリシア的な様相を帯びさせることによって、三島はこの老作家の「モデル」がありうべき自分自身でもあることを暗示しているのではあるまいか。その意味で、檜俊輔はなにほどか三島自身の分身でもある。もとより、その対極に「希臘古典期の彫像よりも、むしろペロポンネソス派青銅彫刻像作家の制作にかかるアポロンのやうな」「愕《おど》くべき美しい青年」、「狼の美貌」の「完全な美の具現」たる南悠一が位置する。その悠一を

『仮面の告白』の「私」の後身と見るのは、いささか理想的に過ぎよう。

三島は、ローマの旅を終えて日本に帰る日、アンティノウスにこう呼びかけた。「われらの姿は精神に蝕まれ、すでに年老いて、君の絶美の姿に似るべくもないが、ねがはくはアンティノウスよ、わが作品の形態をして、些《いささ》かでも君の形態の無上の詩に近づかしめんことを」と。その書斎にペイタア全集や往生要集などとともに「大版のオーブレエ・ビアズレエの画集」を揃える老作家檜俊輔という存在は、多少とも三島のこの願いのいささか特殊な具現化にほかなるまい。

「醜い智者」と「美しい無智者」とのこの対比は、同時に、醜と美、老いと若さ、精神と肉体、内面と外面との対比を範列的に含む。そればかりではない。ここにはまた教育し指示する者と教育され指示される者、いわば作る者と作られる者、作者と作品、芸術家と芸術作品との関係も含意されているのである。三度の結婚に蹉跌《さてつ》し、幾度もの恋愛にぶざまな結着を見、女に裏切られ続けて女に断ちがたい憎悪を募らせる俊輔の女への復讐の道具として、悠一は指示され教育され作り上げられていくからだ。檜俊輔みずから、「肉体を素材にして精神に挑戦し、生活を素材にして芸術に挑戦するやうな、世にも逆説的な芸術作品」と述懐している。

そのかぎりで、檜俊輔と南悠一との関係は、ワイルドの『ドリアン・グレイの肖像』（一八九一年）おけるヘンリー卿とドリアンの関係に似ていなくもない。三島の念頭に多少ともこの小説があったことはおそらく間違いあるまい。しかしワイルドの小説は、すでに拙著『文学の皮膚』（白水社、一九九七年）の「表面と象徴」の章で論じたように、徹頭徹尾、表層と深層、表面と深さ、外部と内部との二元的系列を前提としながら、物語はあくまでも一方の系列を滑るように展開する。ワイルドが小説の「序文」において、「すべて芸術は表面的であり、しかも象徴的である」と書いているように、これはなによりも「表面」の物語なのであり、そしてこの物語を読むことは、そこに多少とも「象徴的」なものを感得していくということにほかならない。

ドリアンとその肖像画というような特異な「分身」的意匠が、三島の小説では使われていないばかりではない。決定的に相違する点は、教育者・指導者たる位置にあるヘンリー卿と檜俊輔との存在感の軽重である。ヘンリー卿は、庭の木陰で純粋無垢な青年ドリアンを言葉巧みに自己認識へと誘う蛇＝悪魔として登場し、堕罪と楽園追放の物語の開始を告げるが、物語が展開するにつれてその存在がいやおうなく稀薄になっていく。檜俊輔は、自分の「精神上の息子」にして「作品」たるべき悠一が徐々に自分の意のままにならぬ存在、まさしく智慧のついた無智者といった存在になっていくのを眺めながら、その「倒錯した芸術家の矜持」をますます強めていく。『仮面の告白』が、ホモ・セクシュアリティの問題を主題とする一人称的ビルドゥングスロマンにとどまっていたとすれば、『禁色』は、「異様な粘着力のある植物が密生したいはば感性の密林」に分け入る、ホモ・セクシュアリティの全面的行動篇といった様相を帯びつつ、しかもあくまでも『トニオ・クレエゲル』的な「芸術家」小説たることをやめないのだ。

第三十二章は、「檜俊輔による「檜俊輔論」」と名づけられている。三島は、この老作家による自己言及的な章を設けるが、「形式に化身し形式に姿を隠してしまはないやうな思想は、芸術作品の思想とは言ひ得ない」という彼の信念に対して、こう続けている。

彼が形式と云ふ場合、ほとんどそれを肉体と云ひかへても差支のないほど、檜俊輔は肉体的存在に似た芸術作品の制作を志したが、皮肉なことに、彼の作品はいづれも屍臭を放ち、その構造は精巧な黄金の棺のやうに、人工の極といふ印象を与へるのである。

檜俊輔が、三島由紀夫のありうべき分身、多少とも三島自身のいささか戯画的にしてしかも痛切な自己認識に基づく存在であることは、もはや論を俟たないだろう。最後の第三十三章「大団円」において、檜俊輔は南悠一を前に「死」について語る。

人は自分の意志によつて生れることはできぬが、意志によつて死ぬことはできる。これが古来のあらゆる自殺哲学の根本命題だ。しかし、死において、自殺といふ行為と、生の全的な表現との同時性が可能であることは疑ひを容れない。最高の瞬間の表現は死に俟《ま》たねばならない。

そして檜俊輔は悠一に相当な富を遺贈して自殺する。「日頃右膝の神経痛の発作の際に鎮痛剤として用ひてゐたパビナールの致死量の嚥下《えんか》による自殺」だった。ちなみに、パビナールは、あの太宰治が中毒に陥っていた麻薬の一種である。比類ない美貌と若さの上にいまや富まで手に入れて社会的生活を保証されたこの「美しい無智者」は、意のままに「感性の密林」を彷徨し続けることになるだろう。「醜い智者」は自己の死によって己が「作品」を自立させ世に放ったのである。

Ⅶ　肉体の論理とその逆説

『金閣寺』と『憂国』とを隔てる五年という時間のちょうど真ん中あたりで、三島は『鏡子の家』を書いている。昭和三十四年に、これは刊行された。三島はすでにボディビルやボクシングはもちろん、剣道も始め、みずからの肉体を着々と作り上げている。ちなみに、『鏡子の家』の執筆と並行して書かれた「日記」も、『裸体と衣裳』というこれまた意味深長なタイトルで同年に刊行されている。

そしてまたこの昭和三十四年は、三島がみずから「スパニッシュ・バロック」と称する、ヴィクトリア朝コロニアル様式の大田区馬込の新居に移った年でもある。この家の様子は篠山紀信による写真集『三島由紀夫の家』（美術出版社、一九九五年）に詳らかであるが、それによれば二階建ての白亜の屋敷には鋳鉄製の階段があり、シャンデリアが吊るされ、そして二階にはバルコニー（！）があり、そこから見下ろせる庭には大理石のアポロン像が立ち、そして庭へ降りる石段の左側の石造りの花鉢はアカンサスの大きな葉で取り囲まれている。古代ギリシア・ローマ時代の神殿や宮殿の円柱に柱頭模様としてアカンサスの葉がしばしば用いられていたことを、三島はもとより知悉した上での意匠に違いない。日本的伝統をいっさい拒否したような、この立派といえば立派、また俗悪といえば俗悪というほかはないコロニアル風の屋敷には、しかし薔薇のモチーフを思わせるものは見当たらない。

しかしいずれにせよ、あの「薔薇の花弁」が「健康な、いやらしいほどいきいきした姿」で再登場することになるその論理を探るうえで、小説『鏡子の家』はまことに重要な、まことに興味深い書物である。実際、ここで三島は、初めてその肉体の論理とでも言うべきものを十全に明らかにしている。

資産家の令嬢の鏡子の邸宅、それはある程度三島自身の新居に擬せられていたのかもしれないが、そこに集まってくる四人の青年たち――世界崩壊を信じるニヒリストのエリート・サラリーマンの杉本清一郎、大学のボクシング部の主将をしている深井峻吉、嘱望された日本画家の山形夏雄、そして無名の俳優の舟木収。鏡子という「鏡」に映る四人の男たちの物語。三島は、『裸体と衣裳』のなかで、画家は感受性を、拳闘家は行動を、俳優は自意識を、そしてサラリーマンは世俗に対する身の処し方を代表する、と書いている。

あまりに図式的な、あまりに明晰な統制のゆきとどいた、そのためか三島自身が落胆を隠すことができなかったように当時の日本の批評界ではほとんど黙殺されたに等しいらしい、この構成的な小説について、三島はのちに「『鏡子の家』――わたしの好きなわたしの小説」という文章（『毎日新聞』昭和四十二年一月三日）のなかで、こう書いている。「〝戦後は終はつた〟といはれた時期と、私の二十代の終はりとは、ほぼ時を同じくしてゐた。そこで私はその時代を背景にして、わが青春のモニュメントを書かうと思つた。一般受けする性質のものではないにせよ、ここには自分のすべてがはふりこまれてゐるはずだ」と。そして三島は、いささか忸怩たる思いを込めて、この短い文章をこう結んでいる。「結局これは、青春の幻滅を主題とした物語である。そして私は、小説の終はりで優等生の時代――つまり既成道徳が支配権をもつ時代――がくることを予言した。果たして戦後は終はり、退屈で平凡な日常が戻つてきた。私はこの書きおろしを成功させて、一作で何年か食ひつなぎ次作に備へるといふ、西欧型の文士生活にはひることを夢みてゐた。そのかけに敗れ、予言のみが当たつたのは、何としても皮肉な話である」と。

肉体は、初めのうちもっぱらボクシング選手の峻吉に仮託される。三島自身の体験が峻吉のなかに生かされていることは言うまでもない。「ボクシングと小説」という昭和三十二年に発表された短いエッセイのなかで、三島はボクシングを「激しいスピーディーな運動」と呼び、これをボディビルの「静的な世界」「肉体の思索の世界」と対比している。スピーディーに戦う肉体、それが峻吉である。

だが、三島の関心は本当は「肉体の思索の世界」のほうにある。俳優の収がそれを体現することになる。収こそ、三島の真の分身である。「弱虫。痩せつぽち」と女から悪口を言われる収が、「友だちにすすめられたやうに、僕は重量挙げをやらう。ふれれば弾くやうな厚い筋肉で体を鎧《よろ》はう。そして体ぢゆうを顔にしてしまはう」と決意するときから物語は本当に始まる。ちなみに、収は、「男らしい眉の下の切れ長の目、その黒い澄んだ瞳、……どんな町角でもこれほど美しい青年に会ふことはめつたになからう」と言われるほどの「美しい顔」をした青年である。それは、「まことに凜々しい顔立ちで、濃い眉も大きくみひらかれた瞳も、青年の潔《きよ》らかさといさぎよさをよく表はしてゐた」と書かれた、あの『憂国』の主人公の「凜々しい顔立ち」と響き合うと言ってもいいかもしれない。いずれにせよ、三島はひ弱な肉体を「厚い筋肉で鎧はう」としたみずからの体験を、「自意識」を代表する収へとそっくりそのまま移しかえている。
ボディビルは、肉体を作品化する試みである。自己の外に作品を生み出す芸術とは異なり、それは制作者自身をいわば芸術作品と化す行為である。小説のなかでは、収にボディビルを勧める武井という人物が、こうした考え方の熱烈な信奉者である。

彼は美に関しては人間の肉体といふものが、可塑的な素材であると同時に芸術作品たり得る点で、芸術家の媒《なかだ》ちを必要とせず、「美といふものには、本来、芸術家などは不要だ」といふのであつた。

芸術作品を外化するはずの芸術家たるものが、みずからの肉体という「可塑的な素材」そのものを作品化する行為に打ち込むとすれば、どうなるか。三島は、すでに『私の遍歴時代』のなかで、「美しい作品を作ることと、自分が美しいものになることとの、同一の倫理基準の発見」などと書いていたが、三十歳のときから、いつかは破綻をきたさざるをえないこの「発見」のための危険な道に踏み込んだのではないか。三島は、しかし、武井のようには無邪気に自己作品化の美学に酔っていたわけではあるまい。「全くの筋肉的関心から、ラオコオンその他へのヘレニスティック彫刻だの、ミケランジェロ彫刻だの、ロダンの「考へる人」だのの話を、ごちゃまぜにはじめた」武井に対して、三島は肉体造形への危惧を、「感受性」の体現者、画家の夏雄の目を通してこう表現している。

しかし夏雄は、武井の考へてゐる美が、明白に歴史的な一時代の美意識の影響下にあることを認めないわけには行かなかつた。彼の「霊感」は単に筋肉の解剖学的実態などから生じたものではなく、ヘレニスティック彫刻の、いささかバロック風な「誇張」の様式から出たものであることは、疑ひを容れなかつた。

なんという冷徹な認識だろう。まさにヘレニズム・バロック。筋肉を讃美する武井も三島の分身であるとすれば、武井の「霊感」を「いささかバロック風の「誇張」の様式」と突き離す夏雄もまた三島の分身にほかならない。『旅の墓碑銘』における「感受性」の象徴たる菊田二郎に明晰な意識たる「私」が批判的な距離を置いたように、ここでは「感受性」の体現者たる夏雄が自己作品化の美学に酔う武井を冷徹に突き放す。「感受性」は、ここで明晰な意識と背馳するものではないわけである。

ところで三島は、『仮面の告白』刊行と同年の昭和二十四年、「戯曲を書きたがる小説書きのノート」という文章のなかで、こんなふうに述べていた。

私はシェークスピアを完璧なルネサンス芸術だとは思はない。何とはなしにあのバロック臭がいやである。頑固にシェークスピアは、バロック芸術の遠い先蹤《せんしょう》のやうに思はれるのだ。坪内博士の飜訳のくさみから来る聯想かとも思ふが、そればかりでもないらしい。

坪内博士とは、もちろんシェイクスピアを日本に翻訳紹介した英文学者にして小説家・劇作家の坪内逍遥のことだが、いずれにせよラシーヌの古典主義を好んだ三島のことである。シェイクスピアの「バロック臭」を嗅ぎわける嗅覚は鋭敏である。いまならマニエリスムという言葉を使うかもしれないが、「眷恋の地」ギリシアを訪れて、みずからを古典主義者として自覚することになる三島が、「バロック芸術の遠い先蹤」であるシェイクスピアに一定の距離を置いたとしても不思議ではない。このとき「バロック」は、個々の芸術家を括る積極的な様式概念というよりは、ある種の否定的な美的品質を指す形容辞として用いられている。三島が明示的に「バロック」と言う場合には、この言葉のもともとの「歪んだ真珠」という貶下的《へんげてき》な意味合いを意識したうえでのことである。

この否定性は、しかし、容易に肯定性に逆転しうる態のものである。個々の芸術家と結びつくのではなく、たとえば「バロック装飾」を言挙げするような場合には。『裸体と衣裳』のなかには、「バロック」に言及したこんな一節が含まれている。

仕事の途中で、ふと魔がさしてスタンダールの小説を読むと、忽ち自分の仕事が、埃《ほこり》だらけ垢《あか》だらけの気がして来るといふ経験は、私一人のものではあるまい。しかし私はさういふときに、いつもかう考へて自分を鼓舞することにしてゐる。即ち、「透明な心理などといふものは、バロック装飾の過剰な生活を背景にしなくては、考へられない。パルテノンにすら、昔はけばけばしい彩色がしてあつた。現代のやうに本質的に無装飾な、簡易主義の生活の中からは、透明な心理や文体などは、別の意味の装飾としてでなければ、生れて来よう筈がないのだ」と。

「パリの室内装飾を未だに支配してゐるバロック趣味やロココ趣味」が、「パリの小説家が未だに持してゐる透明な理性や文体」を可能にしているのだ、と三島は書いている。三島自身の「透明な理性や文体」のためにも、「バロック装飾の過剰」「バロック趣味」が要請されるほかはないだろう。この要請はまずもって三島のコロニアルふうの「スパニッシュ・バロック」の新居に見やすいかたちで体現されたが、それがどの程度まで真に「バロック趣味」あるいは「ロココ趣味」と呼ばれうるかは問題であるにせよ、この要請はもちろん肉体についてもなされなければならないだろう。夏雄の言う「いささかバロック風の「誇張」の様式」へのアンビヴァレントな感情もまた、三島自身の薔薇のバロキスムの内実を構成する一要素にほかならない。

そして『鏡子の家』のなかでもっとも重要な、もっとも思想的な、もっともスリリングな一節が続く。少し長いが引用しよう。

夏雄はこんな議論に子供らしい危険を感じた。第一、芸術作品とは、目に見える美とはちがつて、目に見える美をおもてに示しながら、実はそれ自体は目に見えない、単なる時間的耐久性の保障なのである。作品の本質とは、超時間性に他ならないのだ。もし人間の肉体が芸術作品だと仮定しても、時間に蝕まれて衰退してゆく傾向を阻止することはできないだらう。そこでもしこの仮定が成立つとすれば、最上の条件の時における自殺だけが、それを衰退から救ふだらう。何故なら芸術作品も炎上や破壊の運命を蒙《かうむ》ることがあるからであり、美しい筋肉美の青年が、芸術家の仲介なしに彼自身を芸術作品とすることができたとしても、その肉体における超時間性の保障のためには、どうしても彼の中に芸術家があらはれて、自己破壊を企てなくてはならないだらう。筋肉の錬磨と育成は、肉体を発展させることでもあるが、同時に時間的法則の裡《うち》に、衰退の法則の裡に、肉体を頑固に閉ぢこめておくことであるから、それは芸術行為ではないのであつて、自殺に終らぬ限り、その美しい肉体も、芸術作品としての条件を欠いてゐる筈である。

三島の思想が、肉体をめぐる冷徹にして熱い認識が、裸形のまま提示されている——そんな感じである。「炎上」も「破壊」も、そして「自殺」もすべて出そろった。

たうとう耐へかねて、夏雄はかう言つた。

「そんなに筋肉が大切なら、年をとらないうちに、一等美しいときに自殺してしまへばいいんです」

夏雄の苛立ちと強い語気は収を驚かせる。夏雄の言葉が収の「自殺」の伏線となるだろう。夏雄自身は、その後、富士山麓の樹海を描こうとして、それが徐々に眼前から消えていくという「樹海の消滅」を経験し、それを世界崩壊の始まりと信じるにいたるのだが。収自身は夏雄のようには明晰な肉体の論理を持っているわけではない。収が「死」を意識するのは、ほんのちょっとしたきっかけからである。しかし、これは決定的なきっかけである。醜い高利貸しの女が収の皮膚を剃刀《かみそり》で傷つける。「あんまり肌がきれいだから。……じつと見てゐるうちに切りたくなつたの」。女のこの論理を一方に置いたまま、「自分の脇腹に流れる血を見たときに、収は一度もしつかりとわがものにしたことのなかつた存在の確信に目ざめ」る。三島は、ここで内面と外面についてのすでにわれわれには親しい議論を、しかしいっそうあからさまに持ち出す。

やさしい、なまめかしい血の流出。肉体の外側へ流れ出る血は、内面と外面との無上の親和のしるしであつた。彼の美しい肉体が本当に存在するには、筋肉の厚い城壁に囲まれてゐたままでは、何かが足りない。つまり血が足りなかつたのだ。

空襲のために腸の露出した場面を目撃する『金閣寺』の例のくだりと『憂国』の全体とを正確につなぐ一節こそ、これである。三島における肉体の論理は、ここにおいてほぼ円環を閉じたと言っていい。美しい肉体をあくまでも芸術作品として保持するためには、時間に蝕まれて衰退する前に自己破壊を企てねばならないという逆説、そして内面と外面との「無上の親和」を実現するためには、肉体を裂いて血を流出させねばならないという逆説、これら二つにして一つの逆説が、三島における肉体の論理を構成する。収の考える「存在の劇」は、かくして三島自身の「存在の劇」となるだろう。

Ⅷ 「存在の劇」 谷崎潤一郎VS三島由紀夫

この肉体の論理は、昭和四十五年、すなわち三島の自決の年の春、三島が谷崎潤一郎の『金色の死』を採り上げた際に、もう一度同じようなかたちで繰り返されることになる。『金色の死』は、大正三年、一九一四年十二月、谷崎二十九歳の折に「東京朝日新聞」に掲載された短篇小説だが、執筆後、三島によれば「自作に対して潔癖な作者自身に嫌はれ、どの全集にも収録されず、歿後の中央公論社版全集ではじめて」（とはいえ、じつのところ大正五年に単行本として刊行されてはいるのだが）一般読者の目に触れることになった「忌はしい秘作」である。

『谷崎潤一郎集　新潮日本文学6』におけるこの「解説」は、ほとんど三島の遺書の一つと言っても過言ではないように思われる。三島は『金色の死』を「明らかな失敗作」としながらも、「一種の思想小説・哲学小説」と見て、これを「光源」として

「谷崎氏の全作品に逆照明を投げかけてみたい」と書いている。が、この「解説」こそは同時に三島の全作品にも逆照明を投げかけるであろう渾身の力作である。拙著『肉体の迷宮』（ちくま学芸文庫、二〇一三年）のなかでも私はこの問題に一章を割いているが、ここであらためて採り上げることにしたい。

『金色の死』は、語り手の「私」の少年時代からの友人の岡村君の短かった美的生涯を描いた物語で、谷崎の全小説のなかで唯一ここにおいてのみ男性の肉体の美が主題化されている。岡村君は、「私と同い年にも拘らず、一つか二つ年下に見える小柄な品のいゝ美少年」だったが、「巨万の富」を有する家に生まれ、成長するにつれて、ひたすら機械体操に打ちこむようになり、「子供の時分に小柄であつた彼の肉体は、十三四の歳からめきめきと発達して来て、筋骨の逞しい、身の丈の高い、優雅と壮健とを兼ね備へた青年」になる。三島はその彼を「アポロのやうな美青年」と形容しているが、彼がこの表現を用いたとき、自作『仮面の告白』のなかの一場面、鉄棒で懸垂をするあの近江の「生命力、ただ生命力の無益な夥しさ」をおのずから想起しなかったはずはない。もっとも、じつのところ三島は近江に対してアポロの名ではなく、そこで聖セバスチャンの名を持ち出してくるのだが。「彼が懸垂をするために鉄棒につかまつた姿形《すがたかたち》は、他の何ものよりも聖《サン》セバスチャンを思ひ出させるのにふさはしかつたのである」と。

岡村君は、「最も貴き芸術品は実に人間の肉体自身也。芸術は先づ自己の肉体を美にする事により始まる」という信条のもと、みずから機械体操に励んでその肉体を錬磨するばかりでなく、また衣装と化粧にうつつを抜かしてその美貌を磨きたてる。しかし岡村君はまた、「人間の肉体において、男性美は女性美に劣る。いはゆる男性美なるもの、多くは女性美を模倣したるもの也」との認識を得るにいたるから、そこに撞着が起こらざるをえない。

莫大な遺産を相続した岡村君は、箱根に広大な土地を買い求めて、そこに美の無何有郷《むかうのさと》（ユートピア）を、「絢爛なる芸術の天国」を築き上げる。エドガー・アラン・ポオの『アルンハイムの地所』（一八四七年）や『ランダーの別荘』（一八四九年）といった短篇小説の影響を明らかに受けた「ユートピア」の造成である。ちなみに、江戸川乱歩の『パノラマ島奇譚』（昭和二年）も、ポオの短篇の存在を前提としなくては考えられない作品である。乱歩が谷崎を意識し続けたらしい節のあること、両者の作品がしばしば奇妙な類似を示すことは注意されてしかるべきだろう。岡村君は、この美の理想郷に古今東西の芸術作品の複製《レプリカ》を配置していくのだが、しかし三島はこう切り捨てている。

ミケランジェロやロダンの彫刻のコピーの配置、ジョルジオーネのヴィナスや、クラナハのニンフその他の泰西名画の活人画、ロオマも支那も、世紀末も密教美術もおかまひなしの東西混淆は、当時の知識人の夢の混乱と様式の混乱を忠実にあらはし、ひいては、統一的様式を失つた日本文化の醜さを露呈する。私はここの描写から、世界最高の俗悪美の展示場ともいふべき、香港《ホンコン》のあのタイガー・バーム・ガーデンを想起したのである。

三島は昭和三十六年に「美に逆らふもの」というエッセイを発表し、香港のいまはなきタイガー・バーム・ガーデンを訪れて目にした「奇異な光景」、「悪趣味の集大成」、「夢魔的な現実」を克明に描写してくれているが、谷崎の「芸術の天国」のくだりに、「嘔吐を催させるやうな」この庭を想起させられずにはいなかったのも道理であろう。だが三島はここでポオの名前には触れず、「日本のユイスマンスの美的生活の夢は、これほどまでに貧相であつた」と書いている。自己を至上の覇者とする孤独な美的空間をつくりあげたデ・ゼッサント公爵の物語『さかしま』の作者と比べることで、三島は谷崎の「遊園地風」の描写のうちに「時代的制約」、「日本の大正文化の責任と限界」を見てとる。

だが、『金色の死』の主題は、そして三島の谷崎論の眼目も、岡村君によるこうした美の無何有郷の実現にあるわけではない。主題は、あくまでも、歓楽の絶頂に達した瞬間に彼が突然死んでしまったことにある。「絢爛なる芸術の天国」は、ただこの死を準備し、この死を受け入れる舞台としてのみ設《しつら》えられたにすぎない。

そこでひたすら自己の肉体美の彫琢に励む岡村君が、ドイツのゴットホルト・エフライム・レッシングの芸術論『ラオコオン』(一七六六年)の論点を批判するくだりがある、というより小説のかなりの部分がこの批判に当てられていると言ってもいい。谷崎が『金色の死』を書いた時点で、この西洋美学史上画期的な芸術論はまだ日本語訳されていなかったから、谷崎はこれをドイツ語原典で読んだとおぼしい。岡村君は、ときにドイツ語の原文を引きながら、批判を展開するのである。

一五〇六年にローマで発見されたヘレニズム期のラオコオン群像(紀元前一世紀)について、ヴィンケルマンは、その『ギリシア美術模倣論』(一七五五年)のなかで、それが称讃されるべきは極度の恐怖と激しい苦痛との迫真的な描写のゆえにではなく、むしろ逆にその抑制された表現のゆえにであることを主張していた。二匹の大蛇に襲われたトロイアの神官とその二人の息子を彫ったこの像にも、「ギリシアの傑作に通

ラオコオン像、前１世紀頃、バチカン美術館蔵

有の卓れた特徴」として「姿勢と表情とに於ける気品ある単純と静穏なる威厳」とが端的に見てとれるというのである。以来、この「気品ある単純と静穏なる威厳」という言葉が、ギリシア芸術全般を特徴づけるものとして一人歩きするようになった。

　これに対してレッシングは、ラオコオンの表情が激烈な苦痛から想像されるほど荒々しく表現されていないのは、ヴィンケルマンの言うように苦しみを抑制するギリシア人特有の強い精神力のためであるというわけではないと主張する。『アエネーイス』（前一世紀）においてウェルギリウスがラオコオンに絶叫させ、その断末魔の姿を描写しているのに、彫刻家が溜息をつかせているのはなぜか。ホメーロスやソフォクレスを読めば直ちに納得されるように、ギリシア人とても叫び、呪い、悲鳴をあげるのだ。美を視覚芸術の最高法則とみなした古代人にとって、大きく口をあけた男の顔は嫌悪すべきものでしかなかったからだ。彫刻家や画家は、その物質的制約からして唯一の瞬間を選ばざるをえない以上、次の瞬間には見るに耐えないものになるであろう絶叫の表情を表現するわけにはいかない。レッシングは、こうして絵画や彫刻のような空間芸術と詩文芸のような時間芸術との根本的差異を初めて理論化したのである。

しかし岡村君は、「この趣旨には徹頭徹尾反対だ」と言う。前後の経過を了解させるような、見る者の想像力のはたらく余地のある「最も含蓄のある瞬間」を選ぶことこそが造形芸術の眼目であるとレッシングは主張するのだが、これに対して岡村君はこう反駁する。ヴィンケルマンの名前を持ち出すわけではない。「此の理屈で行くと、人間の死んで了つたところなどは絵にも彫刻にもめつたに作れない事になるね。先《さつき》も云つた通り、美感を味ふのに前後の事情などを了解する必要は少しもないんだ。ラオコオンが嘆いて居ようが、叫んで居ようが、乃至血だらけになつて呻いて居ようが、其の瞬間の肉体美さへ十分に現れて居れば沢山なんだ」

こうして岡村君はレッシングにもヴィンケルマンにも与することなく、ついにみずから全身に金箔を塗って体じゅうの毛穴を塞がれて死んでしまう。その金色の死体を見て、「私」は「此のくらい美しい人間の死体を見た事がありませんでした。此のくらい明るい、此のくらい荘厳な、「悲哀」の陰影の少しも交らない人間の死を見た事がありませんでした」と述懐する。
ところが三島は、岡村君の長いレッシング批判の議論、その「想念」を細かく十通りもの発言に分けて列挙し、これらに一つひとつ説明をくわえながら、結局これらを以下の三つの命題に集約する。

第一命題《不感不動の境地で、ただ性的な美的判断のみを働かせて、美を創造しなければならない。さりとて古典主義的美的基準に依拠するのではない。官能を以て、全的に感情を代行せしめなければならない》

第二命題《想像力による媒介を経ない、直接性と瞬間性の現存在総体としての美は、音楽によつて想像力を補塡されなければならない。美の享受者と美の間に、純粋性慾以外の、一切の無媒介の直接性が保障されるには、時間芸術の純粋持続が導入されなければならない》

最終命題《芸術は悉く実感的《センジュアル》なものであるが、その客観性の最終保障は、感じることと享受することにあるのではなく、感じられることと享受されることになければならないが故に、官能的創造の極致は自己の美的な死にしかない》

三島は、これら三命題の間にそれぞれ矛盾撞着があるとしながらも、しかしこれらのうちに、「おそらく谷崎氏の生涯の美の理想が語り尽されてをり、一方谷崎氏はこれらの命題を綜合的に追究することなく」、『金色の死』から身を背けてしまったと見る。そして、「氏はおそらくこの作品の線上の追究に、何か容易ならぬ危険を察知して身を退《ひ》いたやうに思はれる」と言うのである。

三島は結局こう解釈する。

すべての美が男の意識からのみ生れるものであれば、この強烈な主観哲学が客観性を持つためには、男は二重の役割を持たねばならぬ。すなはち、美の創造者と体現者の一人二役である。岡村君は、美の客観性の保障として、自分が外面的には美そのものであり、(しかもその美を保障するものは、視覚的官能の持主としての男しかゐない筈だから、すなはち、自分の美の保障者は男たる自分自身のみである)、内面的には美を存在せしめる官能の源泉であらうとした。芸術家と芸術作品を一身に兼ねることにより、この矛盾を解決しようとしたのである。そしてその一致の瞬間とは、自分の意図した美が完成すると同時に自分の官能を停止せしめ、すなはちその金粉が皮膚呼吸を窒息させ、自分の内面にはもはや何ものも存在しなくなり、肉体は他者にとつての対象に他ならなくなり、すなはち死体になつた瞬間であつた。

ここで男の肉体は血を流すわけではない。しかし、三島が谷崎の小説に即してまとめ上げたいささか煩瑣としか言いようのない肉体の論理は、「人間の肉体に於て、男性美は女性美に劣る」という岡村君の「想念」の一つを認めながらも、「自己の肉体を美にする事」という「想念」の「自己」をもっぱら男に限定し、そして「女性美」の問題を意識的にか無意識的にか括弧に入れたままに、夏雄のあの「そんなに筋肉が大切なら、年をとらないうちに、一等美しいときに自殺してしまへばいいんです」という叫びの敷衍にすぎないと言ってもいい態のものである。三島は、谷崎がこうした肉体の論理の帰結から「身を背けてしまつた」と見る。「氏はおそらくこの作品の線上の追究に、何か容易ならぬ危険を察知して身を退《ひ》いたやうに思はれる」というのである。実際、谷崎は、二度と『金色の死』の自己破壊に陥ることなく、「女性美」の優位性の認識のうえに、女の肌という官能の美にひたすら意識を向かわせることで比類のない文学世界を築き上げた。しかし、三島はこう書いている。

「金色の死」を自ら否定したときから、谷崎氏は自殺を否定したやうに思はれる。すなはち、自己が美しいものにならうとすれば、人は果てしなく自殺の欲望へ誘はれるであらうから、生きるといふことは、自己が美しいものになることを断念することであり、「金色の死」の芸術論の大切な前提を断念することである。

「解説」のはじめに三島が「谷崎氏によつて故意にか偶然にか完全に放棄された思想」と呼んだのは、まさしく「自己の美的な死」、つまりは「自殺」の思想だったというわけである。三島は、二十九歳の谷崎がこの「思想」を「放棄」しさえしなかったら自分のようになったかもしれないという可能性と同時に、また逆に自分がこの「思想」を「放棄」してさえいたら谷崎のような作家になっていたかもしれないという可能性を、来たるべき己が死を前にして、ともども見据えていたに違いない。

三島は、「『仮面の告白』ノート」（昭和二十四年）のなかで「自殺」という言葉を用いている。「この本は私が今までそこに住んでゐた死の領域へ遺さうとする遺書だ。この本を書くことは私にとつて裏返しの自殺だ」と。「飛込自殺を映画にとつてフィルムを逆にまはすと、猛烈な速度で谷底から崖の上へ自殺者が飛び上つて生き返る。この本を書くことによつて私が試みたのは、さういふ生の回復術である」というわけである。「自殺」という語を、ほぼ「死の領域」としての過去への訣別という意味でレトリカルに使用している。

三島は、しかし、まさに『金色の死』の谷崎と同じ二十九歳のときに書いた「芥川龍之介について」という文章のなかで、端的に「私は自殺をする人間がきらひである」と明言していた。「自殺にも一種の勇気を要するし、私自身も自殺を考へた経験があり、自殺を敢行しなかつたのは単に私の怯惰《けふだ》からだとは思つてゐるが、自殺する文学者といふものを、どうも尊敬できない」と。これは当時の三島の素直な感想と言うべきだろう。小松伸六『美を見し人は　自殺作家の系譜』（講談社、一九八一年）やモーリス・パンゲ『自死の日本史』（竹内信夫訳、筑摩書房、一九八六年）も丹念に跡づけているように、近代日本は何人もの「自殺する文学者」によって特徴づけられているとさえ言えるかもしれない。北村透谷、牧野信一、有島武郎、太宰治、田中英光、原民喜……。華厳滝に投身自殺した一高生藤村操や、『二十歳のエチュード』を遺して入水自殺した、これも一高生の原口統三の名前をあえて付け加えないにしても。太宰は昭和二十三年に自殺していた。芥川は「人生は一行のボオドレエルにも若《し》かない」と言って昭和二年に死んだ。「芥川は自殺が好きだつたから、自殺したのだ。私がさういふ生き方をきらひであつても、何も人の生き方に咎《とが》め立《だ》てする権利はない」。三島は、「自殺が好きだつたから自殺したのだ」という言葉が、いずれ自分自身に還って来るかもしれないことを少しも予感しなかっただろうか。ここで「文学者」という限定を、意味のある留保条件とみなすべきだろうか。軍人ならば、武士ならば、自殺は認められるのか。ともあれ、これが肉体を鍛え始める前年の言葉であることに注意しよう。

いずれにせよ、要するに、自殺を否定した谷崎には、収の、そして三島自身の「存在の劇」は無縁だというのである。それはそうであるに違いない。美と醜、若さと老いを範列的に等置し、「美しい智者」の可能性をはじめから排除してしまっている三島の、その「存在の劇」には、日本の伝統的美意識の大きな部分を占める「わび・さび」の美学、枯淡の美学、あるいは老いの美学は、まったく無縁である。

『天人五衰』は、一面で本多繁邦を主人公とする「老人」文学の試みと言ってもいいような様相を帯びている小説だが、本多の養子になって、その彼に、「へえ、まだ生きてたの」などと朝の挨拶をする透の目を通して、こんなふうに語られる箇所がある。

透にしてみれば、四年間を一緒に暮してみて、いよいよ老人が嫌ひになつた。その醜悪で無力な肉体、その無力を補ふ冗々《くだくだ》しい無用のお喋り、同じことを五へんも言ふうるさい繰り返し、繰り返すごとに自分の言葉に苛立たしい情熱をこめて来るオートマティズム、その尊大、その卑屈、その吝嗇《りんしょく》、しかもいたはるに由ない体をいたはり、たえず死を怖れてゐる怯惰《けふだ》のいやらしさ、何もかも恕《ゆる》してゐる素振、しみだらけの手、尺取虫のやうな歩き方、一つ一つの表情に見られる厚かましい念押しと懇願との混り合ひ、……そのすべてが透は嫌ひだつた。しかも日本中は老人だらけだつた。

いやはや、日本文学史上、おそらくもっとも辛辣な老人嫌悪の描写と言うべきではあるまいか。まさに現代日本の実態をあらかじめ看破しているようにも思える一節である。本多自身も、またこう実感する。

あらゆる老人は、からからに枯渇して死ぬ。ゆたかな血が、ゆたかな酩酊を、本人には全く無意識のうちに、湧き立たせてゐたすばらしい時期に、時を止《と》めることを怠つたその報いに。

三島に、絶対に無縁の、彼が書きえなかった、書こうとも思わなかった、あるいは書くことの可能性をはじめから断ってしまったのは、みずから「谷崎文学の最高峰」との推薦文を書いて「正真正銘の傑作」と褒めそやした『瘋癲老人日記』（昭和三十七年）のような作品であろう。

ちなみに、三島が昭和四十年に新潮社から刊行した『三熊野詣』は、「あとがき」で「これから数年間は長篇にかかりきりになるので、この集のあとは、又しばらく短篇から遠ざかることになる」と書いている注目すべき小説集である。三島はこう続けている。「今度の四篇をまとめたのは、ほぼ同時期に書かれ、共通のテーマを持つてゐるからである。この集は、私の今までの全作品のうちで、もつとも頽廃《たいはい》的なものであらう。私は自分の疲労と、無力感と、酸《す》え腐れた心情のデカダンスと、そのすべてをこの四篇にこめた」と。

書物のタイトルになっている『三熊野詣』は、「老人」を主人公とする。折口信夫をモデルとするとも言われる、六十歳の国文学教授にして歌人の藤宮先生は、「きはめて風采が上らず、子供のときの怪我から眇《すがめ》になり、その負《ひ》け目もあつて、暗い陰湿な人柄」で、「身体《からだ》不相応に大きい翼のやうな、自意識の影」を引きずっている人物である。文字どおりの「醜い智者」。その彼が熊野那智大社、熊野速玉《はやたま》神社、熊野坐《くまのにます》神社の三社の樹の根方に、紫の袱紗から取り出した女櫛を一つひとつ埋めるという話である。それらの櫛には、それぞれ「香」「代」「子」の朱文字が記されていて、先生の少年時の「相思相愛の恋人」で病死したらしい香代子という女性の存在を暗示しているのだが、先生のそばにひたすらかしづき、旅のお供をする常子は、そこに「あくまで先生の夢見られた架空の物語」、「御自分の伝説」を見てとるのだ。「醜い智者」には、みずから美しい「物語」を紡ぎ出す以外には残されていないかのように。

伊豆半島南端の四十年前に焼失した月澹荘《げったんそう》の出来事を一人の老人が「私」に物語る『月澹荘綺譚』は、初めのうちあの『岬にての物語』を想起させなくもない様相を帯びる。「私」があの少年の後身であるかのように。しかし老人の語るのはまったく別様の、いわば純粋視線の陰惨な物語である。荘の主、照茂はじつに美しく冷たい大きな目を持った男だが、ひたすら見つめ観察するだけで自分ではいっさい行動しようとしない。『豊饒の海』の、とりわけ第三巻『暁の寺』、第四巻『天人五衰』における本多繁邦をなにがしか予感させないではいない存在である。老人はかつて照茂の友人で家来のような存在だったが、照茂の命令で白痴の少女を凌辱する。「いつものごとく、殿様は安全な場所から、しかも安全で一等近い場所から、娘の顔をじつと見つめてをられたのであります。［中略］水の中の水棲動物の生態を観察されるやうに、澄んだ瞳を動かさずに、娘の顔をじつと眺めつづけておいででした」。少女の復讐は、自分を犯した男にではなく、それを見ていた照茂に向けられる。崖から落とされた照茂の「屍体からは両眼がゑぐられて、そのうつろに夏茱萸の実がぎつしり詰め込んであつた」という。

『孔雀』は、遊園地に飼われていた何十羽もの孔雀が殺される事件にまつわる話である。孔雀好きでいつも孔雀を眺めている四十五歳の富岡が疑われる。訪ねてきた刑事は、富岡の部屋の壁に掛けられていた「ちよつと類のないほどの美少年」の写真が、十七歳の時の富岡自身の写真だと聞かされて愕然とする。現在の富岡は、「髪は白髪まじりで、皮膚は衰へて弾力がない。整つた顔立ちなのに、その整ひ方にお誂へ向きの感じが出すぎ、永いこと放置されて埃をかぶつた箱庭みたいな趣がある」男である。「今の富岡には怖ろしいほど嘗ての美が欠けてゐる!」と刑事は思う。「しかし富岡にはその代りに、刑事の窺ふことのできない特殊な高い教養を積んだ形跡がある。それが刑事を恐れさせる」と。まさしく「美しい無智者」から「醜い智者」への変容を暗示させないではいない一節である。しかもこの「醜い智者」らしき男は、三島自決の年齢と同じ四十五歳に設定されていることに注意しよう。張り込んだ刑事の前に「無意味な豪奢を具へた鳥」孔雀を殺害するために犬の鎖を両手に引いて現れた男の顔は、

「まぎれもなく、富岡家の壁に見た美少年の顔」だったというのが結末である。

三島は「あとがき」で、この短篇をもっとも愛すると言い、これを「美の殺戮者としての美少年の永生」とみずから要約している。「つまり孔雀の美はその少年自身の属性なのであり、少年は不断にその属性を殺さねばならぬ。それはドリアン・グレイとは反対だ。つまりあのワイルドの小説では、美少年ドリアンの青春を保持するために、画像のはうが彼の罪の醜さと衰滅とを引受けるのだが、『孔雀』では、つまらぬ一人の男の無為で退屈な人生を永らへさせるために、彼の幻影の美少年が不断の殺戮を繰り返してゐるのである」と。作者みずからが「あとがき」で自作についてこれほど語るのも珍しい気がするが、実際これ以上の解説はあるまい。

『朝の純愛』は、かつて「これ以上美しい一組は考へられないほどだつた」男女が、いまや五十歳の夫と四十五歳の妻となり、「外見の異常な若さ」を保っているように見えるものの、「全力をあげて」老いに、「腐敗と分解作用」に抵抗すべく若いカップルを利用しようとして逆に殺される話である。

四篇とも、若さと老い、過去と現在、美と醜、「美しい無智者」と「醜い智者」をめぐる「存在の劇」にほかなるまい。三島が「共通のテーマ」と言う所以である。三島は、「四篇とも、いづれも過去と現在が尖鋭に対立せしめられてをり、過去は輝き、現在は死灰に化してゐる」とし、「妙な作品群」が生まれてしまったことに「いひしれぬ不吉なものを感じる」と書いているが、しかしいかに「頽廃的」であるにせよ、これこそが三島の問題意識の、あえて言うなれば三島美学の否定すべくもない形象化であるには違いない。

三島美学の根本にある肉体の論理。それに対して、もちろん全面的に異を唱えることもできよう。石原慎太郎の著書『三島由紀夫の日蝕』(新潮社、一九九一年)は、その点で徹底しており、三島の肉体鍊磨やスポーツ実践の内実を知るうえでも、これはなかなか面白い読みものである。石原は、三島は自分の願い続けた肉体を獲得できなかったがゆえに死を選んだと言う。「氏には天才的に肉体の才能が無かったとしかいいようがない」と。三島の肉体の論理に対する、これはまあなんと根こそぎの否定だろうか。書物の全体が三島の「嘘っぱち」の暴露にあてられている。

石原は、「肉体の才能が無かった」ことを示す三島の数々のエピソードを挙げているが、ここでは三島が大映社長永田雅一の肝入りで増村保造監督の映画に主演することになった『からっ風野郎』(昭和三十五年)に触れるにとどめよう。石原は、三島を起用することを余儀なくされた増村監督の「腹立たしさと焦り」に言及し、そして撮影の模様を伝えるあるスタッフのこんな言葉を記している。「この間も三島さんが情婦の若尾文子に持ってた灰皿をぶつけるシーンがあったんですが、それだけで一日かかっちゃった。とにかくまともに物が投げられないんです、あの人」。三島は、この映画の二年後に「若尾文子讃」を書いて、「若尾文子といふ女優はタダモノではない」と持ち上げているが、こと彼自身の「演技」については、当のスタッフの言うとおり、さもありなん、という気もする。

クライマックスのシーンで、三島演じるヤクザがデパートのエスカレーターの下で撃たれて死に、仰向けに倒れた彼の死体を乗せたままエレベーターが上がって行くのだが、三島は仰向けにカッコよく倒れるという動作がどうしてもうまくできず、このとき頭をエスカレーターの鉄のエッジにぶつけ大ケガをして虎ノ門病院に数日間入院する破目になったのだった。中学生の私はこの映画を封切り時に映画館で見ているが、そのクライマックス・シーンのぎこちなさもさることながら、三島がヤクザらしく凄めば凄むほど彼の眼のなんともいえない優しさが際立つことにとりわけ強い印象を受けたことを憶えている。三島はおそらく実生活で人に凄んだりすることはもとより、男同士の喧嘩あるいは格闘というものを一度も経験したことがないのではあるまいか。

三島がいかに知識人を嫌悪し、そして数々の派手なパフォーマンスに打ちこむ姿を見せようとも、彼自身やはりまぎれもない知識人のひとりであることを痛感させられずにはいなかったのである。

しかし剣道五段の三島の実力に関して、それを石原が二級あるいは一級あるいはせいぜい初段あたりに話を持って行こうとしているのは、いささか穏当ではあるまい。曲がりなりにも全日本剣道連盟から授けられた五段である。ともあれ、昭和四十四年八月に公開された五社英雄監督の映画『人斬り』に田中新兵衛役で出た三島の居合のシーンだけは、さすがに剣道や居合に打ちこんできただけあって、なかなかに見事だったとは言っておかなければならない。

石原は、ボディビルによって培われる肉体は観賞に耐えるということであってそれ以外のなにものでもないこと、それは他のさまざまな機能を要求するスポーツによって獲得される肉体とは別ものであることを説いている。「三島氏にとっての肉体とは他人に誇示して眺められ、自らしげしげ眺めいって陶然とすることの出来る、彫刻に似てスタティックなものだったに違いない」。ひたすら見られることを要求する肉体。しかし、これは石原の指摘を俟つまでもなく、『鏡子の家』における武井や収に対する夏雄の、いや武井や収自身の認識でもあったはずだ。石原の批判が的を射ているとすれば、三島の肉体が「最低かつ絶対必要条件といえる反射神経」をすら備えていなかったかもしれないという点に限られよう。

石原の言うことは、おそらくほとんどそのとおりなのだろうと思う。石原が三島に比べて肉体に恵まれ、そしてはるかにスポーツマンだったことも否めまい。とはいえ、われわれは石原慎太郎の肉体を、あるいはその裸体写真集を見たいなどとは絶対に思わないだろうことも確かである。いずれにせよやはり、三島の突きつけた肉体の問題は依然として残る。なぜなら、三島はその「存在の劇」を意志的な「死」によって完結させたからだ。この事実は、いかなる批判をも宙吊りにする。

『鏡子の家』のなかで、三島は清一郎に「あいつは仮面でだんだん自分を美しくして行つた」と言わせている。「あいつ」とは、もちろん収のことである。「実感的スポーツ論」(昭和三十九年)のなかで、三島は「仮面もかぶり通して十年たてば肉づきの面になるごとく」とみずから書いている。三島は厚い筋肉で覆われた肉体が「仮面」であることを知っていた。隠蔽と演技の観念にいやおうなく結びつくこの「仮面」が、しかし素顔と別のものでなくなるためには、「死」が必要であると三島は考えた。

江戸時代中期、一七一六年に刊行された、武士道の聖書と言っても過言ではない

『葉隠』という書物がある。山本常朝の座談を田代陣基が編纂した「葉隠聞書」を略してこう呼ぶようになった。三島は、その死の三年前、昭和四十二年に、その解説書『葉隠入門』を出している。「……常朝自身は、四十二歳のとき、鍋島光茂の死に殉じようとして、光茂自身の殉死禁止令によつて、死を阻まれた。彼は剃髪出家し、「葉隠聞書」(略して「葉隠」)を心ならずも世にのこして、六十一歳で畳の上で死んだ」と三島も書いているとおり、これは徹頭徹尾、武士の「生」の哲学として語られたものだが、「心といふあいまいなものをあやつるのに、何が心を育て、変へていくかといふことは、人間の外面にあらはれた行動とことばでもつて占ふほかはない。「葉隠」はここに目をつけてゐる」と言うように、三島は『葉隠』をいわば実存主義哲学として読もうとする。そして、「酔ひざめや寝起きのときには顔の色が悪いことがあるから、紅粉を出してひいたがよい」という、一見武士の観念とは背馳するような常朝の言葉を採り上げ、三島はこう解釈する。「先ほどからたびたび言つた外面の哲学の当然の結果として、ふつか酔ひの青ざめた顔は武士としてのくたびれたありさまを示すものであるから、たとへ上に紅の粉をひいても、それを隠しおほさねばならない。ここで外面の哲学が美の哲学と結びつくキーポイントが提示される。なぜなら美は外面的なものである」と。「道徳的であることは美しくなければならないことである」、そのためには「美と倫理的目的とを最高の緊張において結合すること」が必要である、と。

「生」の哲学を説く書物でありながら、「武士道といふは、死ぬ事と見付けたり」、あるいは「武士道は死狂ひなり」という言葉に、なによりもこの書物全体を象徴する「逆説」を三島は見てとる。そして三島はこの「逆説」を「逆説」ではなくする「武士道」、文字どおり「死ぬ事」を意志的に引き受けようとする「武士道」を主張する。「いかなる死も、それを犬死と呼ぶことはできないのである」というのが、この書物の結びの言葉である。

「死ぬ」ことの前では「死なない」ことは色褪せるしかない。芸道もまた。「団蔵・芸道・再軍備」（昭和四十一年）には、こうある。

芸道とは、不死身の道であり、死なないですむ道であり、死なずにしかも「死」と同じ虚妄の力をふるつて、現実を転覆させる道である。同時に、芸道には、「いくら本気になつても死なない」「本当に命を賭けた行為ではない」といふ後めたさ、卑しさが伴ふ筈である。現実世界に生きる生身の人間が、ある瞬間に達する崇高な人間の美しさの極致のやうなものは、永久にフィクションである芸道には、決して到達することのできない境地である。

三島によれば、「死」に対しては、芸術も、ましてやスポーツもなにほどでもない。「スポーツにおける勝敗はすべて虚妄であり、オリンピック大会は巨大な虚妄である」。「死の崇高美」の前には、あらゆるものが無力であるというわけだ。すでにこの時点で、三島は明らかにみずからの「死」を覚悟していると言わざるをえない。エッセイの最後は、しかしこう結ばれている。「もし佐藤首相が僕に、「おい、三島君、君の命をくれないか」と言つたら、僕は死んでも命をやる気はないね」と。

昭和四十三年に刊行された『太陽と鉄』は、一種異様な肉体論として現れたが、それゆえまぎれもない遺書というべきである。「告白と批評との中間形態」、「告白の夜と批評の昼との堺の黄昏の領域」とみずから称するこのテクストにおいて、三島はその肉体の論理を総括する。異様な、と言うのは、言葉と肉体を対置し、「言葉の腐食作用」に侵されていない「あるべき肉体」――『仮面の告白』におけるあの近江の「理智によつて些かも蝕まれない肉」のような――を求める、「太陽と鉄」による「練磨」のありようを、逆説的にもひたすら昂揚した言葉によって物語ろうとする点を指してのことだが、しかしここで語られる言葉そのものにさしたる変化はない。

強調されるのは、「形の思想」であり、「表面の思想」である。ニーチェ、あるいは三島が直接に言挙げすることはほとんどなかったとはいえ、おそらくはニーチェ同様に相当親炙していたに違いないと思われるヴァレリーの口吻そのままに、彼は「表面それ自体の深み」について語るだろう。ニーチェは、『悦ばしき知識（*La Gaya Scienza*）』において、「表面に、皺に、皮膚に敢然として踏みとどまること」と書いている。ヴァレリーは、その「固定観念（*L'Idée fixe*）」（一九三二年）のなかで、「人間においてもっとも深いもの、それは皮膚である」と述べている。「生はいかなる深さも要求しない。その逆である」と。昭和三十一年の「わが魅せられたるもの」というエッセイにおいて、すでに三島は「一番表面的なものが、一番深いものだとさへ考へるやうになつた」と書いているが、これはまさしくニーチェ＝ヴァレリーの認識である。『太陽と鉄』における三島自身の言を聞こう。

再びしかし、人々はなぜ深みを、深淵を求めるのだらうか？　思考はなぜ測深錘のやうに垂直下降だけを事とするのだらうか？　思考がその向きを変へて、表面へ、表面へと、垂直に昇つてゆくことがどうして叶はぬのだらうか？［中略］もし思考が上方であれ下方であれ、深淵を目ざすのがその原則であるなら、われわれの個体と形態を保証し、われわれの内界と外界をわかつところの、その重要な境界である「表面」そのものに、一種の深淵を発見して、「表面それ自体の深み」に惹かれないのは、不合理きはまることに思はれた。

三島は、もちろんここでも内側と外側の問題にこだわっている。ところが、ここにはあの薔薇の比喩は姿を見せず、その代わりのようにいまや新たな特権的メタファーが登場する。それは林檎である。太陽と鉄を使って果樹園を耕し始めたと書く三島が、その「果樹園」すなわち「光り輝いた有機的な作品」としての肉体を林檎とみなしているわけだが、そこで三島は「存在の形にかかはる自意識」を問題にして、それが見ることと存在することとの背反にとらわれていると言う。

ここに一個の健やかな林檎が存在してゐる。［中略］林檎の内側は全く見えない筈だ。そこで林檎の中心で、果肉に閉ぢこめられた芯は、蒼白な闇に盲《めし》ひ、身を慄《ふる》はせて焦燥し、自分がまつたうな林檎であることを何とかわが目で確かめたいと望んでゐる。林檎はたしかに存在してゐる筈であるが、芯にとつては、まだその存在は不十分に思はれ、言葉がそれを保証しないならば、目が保証する他はないと思つてゐる。事実、芯にとつて確実な存在様態とは、存在し、且、見ることなのだ。しかしこの矛盾を解決する方法は一つしかない。外からナイフが深く入れられて、林檎が割かれ、芯が光りの中に、すなはち半分に切られてころがつた林檎の赤い表皮と同等に享《う》ける光りの中に、さらされることなのだ。

林檎とは、もとより三島自身の肉体の謂であり、果肉とはその筋肉、そして芯とは自意識である。

筋肉に賭けられた私の自意識は、あたかも林檎の盲目の芯のやうに、ただ存在を保証するものが自分のまはりにひしめいてゐる蒼白な果肉の闇であることだけには満足せず、いはれない焦燥にかられて、いづれ存在を破壊せずにはおかぬほどに、存在の確証に飢ゑてゐたのである。

自意識という内側へのあからさまな言及である。しかし「自意識」とはなにか。ちなみに、「ナルシシズム論」（昭和四十一年）のなかに、こんな言葉が見いだせる。「自意識といふものは全然男性的なもので、そこには精神と肉体の乖離が前提とされ、精神が肉体を離れてフラフラと浮かれ出し、その浮かれ出した地点から、自分の肉体を客観的に眺め、又、自分の精神を以て自分の精神自体をも、客観的に眺めるといふ離れ業を演じるのが、すなはち自意識である。もちろんこんな離れ業は、いつも巧く行くと限つたわけではないが、自意識とは、さういふ離れ業をともすると演じようとする、精神の不可思議な衝動である、と定義してよからう」と。端的に「精神」とは言わずに、「精神の不可思議な衝動」と言う。肉体をも精神自体をも対象化する、対自的な意識のはたらき、反省的意識、もっと簡単に言えば、自分自身を見つめる眼差しということになろうか。

「薔薇の花弁」という美しい比喩は、それ自体、内と外との二元論的図式を無効にするがゆえに用いられたはずだった。しかし林檎の比喩は、赤い表皮と蒼白の果肉と中心に潜む芯という、外側と内側との端的な関係を想定させずにはいない。それはたしかに人間の肉体に類比的なのである。しかも果肉にナイフを入れるというそのことだけが問題になっている。つまりは、血の流出である。

血が流され、存在が破壊され、その破壊される感覚によつて、はじめて全的に存在が保証され、見ることと存在することとの背理の間隙が充たされるだらう。……それは死だ。

林檎の比喩は、ただその果肉にナイフを入れるためだけに要請されたかのように登場し、そして三島の肉体の論理は、こうしてひたすら「存在の確証」のための「死」へと収斂しようとする。「私は想像力の淵源が死にあることを発見した」、と三島は書いている。しかし三島は、すでに昭和二十四年、つまり『仮面の告白』刊行と同年に発表した「美について」という「断片的なノオト」のなかで、東洋、とりわけ日本との対比において西洋の作家たちの思想に触れながら、結論的に「美は死の中でしか息づきえない」と書いていたのである。その意味では、三島の考え方は終始一貫して少しも変わらないと言うべきだろう。『太陽と鉄』のなかにも、こんなくだりがある。

男はなぜ、壮烈な死によつてだけ美と関はるのであらうか。日常性に於ては、男は決して美に関はらないやうに注意深く社会的な監視が行はれてをり、男の肉体美はただそれだけでは、無媒介の客体化と見做《みな》されて賤《いや》しまれ、いつも見られる存在である男の俳優といふ職業は、決して真の尊厳を獲得するにいたらない。男性には次のやうな、美の厳密な法則が課せられてゐる。すなはち、男とは、ふだんは自己の客体化を絶対に容認しないものであつて、最高の行動を通してのみ客体化され得るが、それはおそらく死の瞬間であり、実際に見られなくても「見られる」擬制が許され、客体としての美が許されるのは、この瞬間だけなのである。

『金色の死』をめぐる論考のなかでも、三島は「美の保障者」としての「視覚的官能の持主」を要請していたが、ここでも「見られる」ことに、「見られる」ことの「擬制」にこだわっている。三島は、「いや、今私が語らうとしてゐることは、美についてではなかつた」と書いて、ここでこれ以上「美」という語を用いようとはしなかったが、しかしこれは、「美は死の中でしか息づきえない」という若き日の命題の強迫観念的な語り直しにすぎない。

三島は、この『太陽と鉄』の最後のところに「エピロオグ—F104」という文章を併せて載せている。これは、彼が航空自衛隊のF104超音速ジェット戦闘機に試乗した体験を詩的に綴ったものだが、「地球は死に包まれてゐる」と書いている。「F104の離陸は徹底的な離陸だつた。零戦が十五分をかけて昇つた一万メートルの上空へ、それはたつた二分で昇るのだ」と。そして三島はこう続けている。

Ｆ１０４、この銀いろの鋭利な男根は、勃起の角度で大空をつきやぶる。その中に一疋の精虫のやうに私は仕込まれてゐる。私は射精の瞬間に精虫がどう感じるかを知るだらう。

グイド・レーニの聖セバスチャンを前にして初めての《ejaculatio》を経験した『仮面の告白』の「私」は、いまや「一疋の精虫」となって「勃起の角度で大空をつきやぶる」「銀いろの鋭利な男根」のような超音速ジェット機のなかに潜んでいる。しかし彼は果たして「射精の瞬間」を感じることができるだろうか。

四万五千フィートの高度まで昇った三島は、しかし「何も起らない」と言う。そして天空に浮かぶ銀色の筒のなかにあって、「内的世界と外的世界とは相互に浸透し合ひ、完全に交換可能になつた」と書く。空と海と落日だけの世界が彼の「内的世界」になり、自分の内部に起こるあらゆる出来事が、もはや心理や感情の羈絆《きはん》を脱して天空に自由に描かれる大まかな文字になった、と言うのである。内と外の弁証法が実現した、まさに「そのとき私は蛇を見た」と三島は書く。「地球を取り巻いてゐる白い雲の、つながりつながつて自らの尾を嚥んでゐる、巨大といふもおろかな蛇の姿を」見たと言うのである。このウロボロスを三島はまた「統一原理の蛇」とも呼んでいるが、それは天空の彼方にあってわれわれを統べる「死」の姿ということだろうか。そしてそのままジェット機は下降に転じて帰還するのだ。「射精の瞬間」はついに描写されることはない。

しかし三島がこの文章を〈イカロス〉という一篇の詩で締めくくっているのは、なにやら意味深長である。なぜならイカロスは太陽を目指して空高く昇りながら、灼熱の太陽にその翼を焼かれて墜落するからだ。「勃起の角度」は持続せず、「射精の瞬間」は訪れなかったことを、三島はこうして暗示しているのではないか。あるいは太陽は決して到達しえない、してはならない超越的な存在であることを、三島は確認しようとしているのだろうか。

『太陽と鉄』のなかで、そもそも太陽はどういう存在なのか。もとより、それはなによりも三島の「果樹園」に光を降り注いでくれる圧倒的存在である。三島は、太陽に出会った経験が二度あると言う。一度目は、昭和二十年、一九四五年の敗戦の夏、「おびただしい夏草を照らしてゐた苛烈な太陽」である。二度目は、昭和二十七年、初めて海外旅行へ出た船の上甲板で、「太陽とふたたび和解の握手をした」。「爾来、私は太陽と手を切ることができなくなつた」というわけである。いずれにせよ、これは現実の太陽である。しかし三島は、これとは違ったもう一つの太陽について語っている。

私はかくして、永いこと私に恵みを授けたあの太陽とはちがつたもう一つの太陽、暗い激情の炎に充ちたもう一つの太陽、決して人の肌を灼《や》かぬ代りに、さらに異様な輝やきを持つ、死の太陽を垣間見ることがあつた。

この「死の太陽」は、小説『憂国』のなかで、割腹自決をする良人の姿を前に、妻が「良人が体現してゐる太陽のやうな大義を仰ぎ見た」という、あの「太陽」と同じものだろうか。「大義」のなんたるかをどう解釈しようと、この「太陽」は超越的な理念的存在、「死」によって初めて「体現」されうる「統一原理」にほかなるまい。『奔馬』の主人公、飯沼勲が断崖の上でみずからの腹に刀を突き立てたとき、瞼《まぶた》の裏に「赫奕《かくやく》と昇つた」あの「日輪」も、まさにこの「死の太陽」以外のものではなかったに違いあるまい。

X　三島由紀夫のフローラ

ドナルド・キーンは、三島自決の翌日、十一月二十六日の「毎日新聞」夕刊に「自らのフィクションに死ぬ」と題する文章（のちに『日本の作家』中央公論社、昭和四十七年、「三島由紀夫の死」として所収）を発表したが、そこでこんなエピソードを伝えている。

たとえば二年前一緒に奈良の三輪山《みわやま》へ取材旅行に行ったが、自然をあれほど美しく書いた三島さんが、木や花や動物の名前をほとんど知らないことを発見して私は驚いた。神社の裏山で三島さんは年寄りの庭師に「何の木か」と尋ねた。男は驚いて「マツ」と答えたが、松の種類を問われたのだろうと思ったか「雌マツと呼んでいます」と言い直した。すると三島さんは、鉛筆を片手に真顔で「雌マツばかりで雄マツがないのに、どうして小マツができるの」と聞いたものだ。

二年前といえば昭和四十三年ということになるが、『決定版　三島由紀夫全集42』（新潮社）「年譜・書誌」（佐藤秀明・井上隆史編）の「年譜」の昭和43年の項には、三島がキーンとともに奈良を訪れたという記述が見当たらない。昭和42年の箇所もつぶさに目を通したが、ここにも見いだすことができない。しかし、昭和41年の8月21日の項に、「ドナルド・キーンとともに、京都の都ホテルに宿泊」とあり、翌22日の項に、「「奔馬」の取材のため、ドナルド・キーンとともに大神《おおみわ》神社に行き、三夜参籠する」とある。作家三島由紀夫の活動のおそらくもっとも精緻な記録と思われる安藤武の『三島由紀夫「日録」』（未知谷、一九九六年）にも、昭和四十一年の「8月21日～24日「奔馬」の取材で、D・キーンと京都へ行く」という記述がある。『全集』の「年譜」は、むしろこの著書に依拠していると言うべきかもしれない。安藤は、「タクシーで大神神社まで行く」と記したあと、まさにキーンの記事どおりのエピソードを再録している。

大神神社は、「三ツ鳥居を通し三輪山を拝するという原初の神祀りの様を伝える我が国最古の神社」と称する奈良桜井市の神社である。キーンの記事は、この時のことを指しているに相違ないと思われるから、「二年前」というのはキーンの記憶違い、正確には四年前と言うべきところなのだろう。

実際、『奔馬』には、本多繁邦が大神神社を訪れ、神前奉納剣道試合を見、そこでこの巻の主人公飯沼勲を発見するくだりが書かれているが、この神社についての三島の詳細な記述はこうである。

官幣大社大神神社は、俗に三輪明神と呼ばれ、三輪山自体を御神体としてゐる。三輪山は又単に「お山」と称する。海抜四百六十七メートル、周囲約四里、全山に生ひ茂る杉、檜《ひのき》、赤松、椎などの、一木たりとも生木は伐られず、不浄は一切入るをゆるされない。この大和国一の宮は、日本最古の神社であり、最古の信仰の形を伝へてゐると考へられ、古神道に思ひを致す者が一度は必ず詣でなければならぬお社である。

そして本多は初老の案内人とともに三輪山に登りながら、「直径一丈あまりの赤松や黒松が、しづかに群立つてゐる谷」を見、「蔦《つた》や蔓草《つるくさ》にからまれて朽ちかけた松が、のこらず煉瓦いろの葉に変つてゐるのも」見るのである。

してみれば、たしかに三島は、このとき雌マツ雄マツという言葉に反応しながら、赤松を雌マツといい、黒松を雄マツということ、そしてこれらの名称は、一方の葉が比較的短くて柔らかく、幹も赤みを帯びているのに対し、他方の葉が比較的長くて硬く、幹も灰黒色であるという、ひとえに外見の印象から来ているので、生物学的な雌雄とは関係がないということなどは知らなかったらしい。しかし、この一点をもって三島の植物学的知識が皆無であると結論するのはいささか酷というものであろう。

澁澤龍彦もすでに「三島由紀夫をめぐる断章」（昭和五十八年、『三島由紀夫おぼえがき』所収）のなかで、「たしか日本文学研究家のアメリカ人」が「流布させた」「この話はどうにも信じがたい」と書いているが、この件については、植物学者塚谷裕一が、その『漱石の白くない白百合』（文藝春秋、一九九三年）のなかで説得的な反論を試み、植物や花に対する三島の尋常ならざる観察眼を指摘していることに触れておこう。もとよりドナルド・キーンは、三島の『近代能楽集』、『サド侯爵夫人』、『宴のあと』を英訳し、そして三島と生涯親しく交友した日本文学の専門家である。三島も、キーンの『日本の文学』（吉田健一訳、筑摩書房、昭和三十八年）に、「詩人の魂を以て書かれた日本文学入門」と素晴らしい「解説」を寄せ、そして彼と何度も取り交わしたその書簡に、しばしば「魅死魔幽鬼尾　怒鳴門鬼韻様」（たとえば、昭和三十四年一月三十日付書簡）などと記すほどの関係であったことに注意しよう。そのキーンをしてこういうことを言わしめるのかと私は少しく驚きを禁じえない。

ところで、三島がすでに雌マツ雄マツ、赤松黒松の区別をまぎれもなく知悉していたらしいエピソードが『天人五衰』のなかに挿入されていることに注意しよう。本多が久松慶子を伴って三保の松原を訪れるくだりである。本多は三保の松原の上に「天人の遊行」の夢を見ていたのである。


羽衣の松は四方八方へ鮹《たこ》のやうに肢《あし》をあげた太い巨松で、枯死寸前の姿だつた。幹の裂け目はコンクリートで埋めてあつた。見物人たちは、この葉さへ乏しい松のまはりで、口々に戯れ合つた。

「天人は海水着を着てたのだらうか」

「こりや男松だらうか。女が懸けたんだから」

「こんな高い松、第一届かないよ」


この「男松」という表現に、三輪山でのキーンとの経験への三島なりのいささか忸怩たる回答が込められていると見るべきだろうか。くだんの「年譜」の昭和45年6月10日に、「「豊饒の海」第四巻のため三保の松原を取材」とある。三島は、こうして赤松黒松の区別に関していささかアイロニカルにさりげなく決着をつけたのかもしれない。

いずれにせよ、三島の文学世界における植物的想像力とでもいうべきものを見逃してはならない。実際、三島が昭和十三年、十三歳の折に平岡公威《ひらおかきみたけ》の本名で発表した実質的な処女作のタイトルが『酸模《すかんぽう》』であり、その三年後、十六年に初めて三島由紀夫のペンネームで発表した小説のタイトルが『花ざかりの森』（もっとも、これはシャルル・クロスの詩篇から採ったタイトルであることが最初に明記されているが）であることを思い起こせば、三島の文学世界がなにか植物的なものと密接に関わりながら展開を見たのではないかと推測したくもなろうというものである。『朝顔』『朝の躑躅《つつじ》』、『あやめ』、『菖蒲前《あやめのまえ》』、『十日の菊』、『熱帯樹』、『牡丹』、『夜の向日葵《ひまわり》』、『離宮の松』といった小説や戯曲、あるいは「桜」、「菊花」、「紫陽花」などの少年時のエッセイのタイトルを眺めれば、少なくとも植物の名前をろくに知らなかったとだけは断言できそうにない。いや、彼の鍛え上げられた筋肉隆々の肉体を想起するなら、その「動物相《ファウナ》」に言及しなければならないように思われるかもしれないが、むしろ三島由紀夫の植物的想像力とでもいうべきもの、その「植物相《フローラ》」を問題にすることこそが不可欠なのではあるまいか。

『酸模』は、「秋彦の幼き思ひ出」という副題をもつ短篇だが、薄紅色の酸模の花が咲き乱れる丘の真ん中に建つ「灰色の家」、すなわち刑務所から逃げ出して来た脱獄囚が丘の麓で遊んでいた秋彦の無垢な童心に触れて、また刑務所に戻るという話である。たとえば、こんな一節がある。「秋は胡枝子《はぎ》と尾花と葛《くず》、敗醬《をみなへし》、蘭草《ふぢばかま》、瞿麦《なでしこ》、又桔梗《ききやう》が互に絡み合ひ戯むれ合ひ、秋風に翫《もてあそ》ばれて咲き乱れて居るのは、秋彦の心を、七草を眺める老人の様なそれに変へさせることがあつた」。三島はこの処女作について後年、すなわち昭和二十三年に、「脱獄囚の暗い心に童心がよびさます純潔な魂を酸模の花に象徴させたもので、「広辞林」（そのころの一番の愛読書であつた）を引いてありたけの秋の花・春の花を文中の野原の描写に使つた。しらない花の名前ばかり並んでゐて滑稽である」と語っている。『広辞林』とは、言うまでもなく日本でもっとも権威のある国語辞書の一つである。してみれば、確かに三島はこの頃から花の名前だけは辞書を通してたくさん知っていたわけである。ただ個々の花の名前と現実に咲いている花との照合が必ずしも正確になされたわけではなかったということだろうか。

三島が比較的に執着し、しばしば登場させる花に、蘭がある。『禁色』第一部（昭和二十六年）に、「完全な外面の美の具現」たるアポロンのような、そして「女を愛せない」青年南悠一が、「醜いとしか言ひやうのない」、「精神によつて蝕《むしば》まれた顔」をした老作家檜俊輔の策謀によって結婚することになった新妻康子と舞踏会で踊る場面がある。康子の夜会服の胸にはカトレアが飾られている。「薄紫の花びらに囲まれた仄《ほの》かな黄いろと淡紅と紫の唇弁は、蘭科植物特有のあの媚態と羞恥に関する魅《まど》はすやうな詭弁と謂つた様子をしてゐた」が、悠一は蘭が壊れないように体を離して踊ろうとする康子を「発作的に強く抱きしめ」て、無惨にも蘭を潰してしまうのである。

『宴のあと』（昭和三十五年）では、上野の精養軒に入った都知事候補の「老政治家」野口は、連れの料亭の女主人かづに、台の上に乗った鉢植を指して、「あれをごらん。あの蘭を何と言ふのか知つてるかね」と訊く。かづが知らないと答えると、「あれはデンドロビウムといふのだ」、と野口は「いささか不機嫌に」言う。突然のように名前が告げられるこの花は、それを「仔細に見なければならぬ羽目になつた」かづの目を通してこう描写される。

それは台上の瑠璃《るり》いろの小鉢に植ゑられた温室物の洋蘭で、別にめづらしくはない花であつた。木賊《とくさ》のやうな茎から、いくつもの小体《こてい》な紅《べに》を縁《ふち》に刷《は》いた花が、浮游するやうな具合についてゐた。蘭の折紙細工のやうな複雑な形は、それを揺らす風もないので、一そう作り物めいて見えた。濃い洋紅の花の中心は、かづが仔細に眺めれば眺めるほど、何だか嘲笑的な、この静かな冬の午後に不釣合な、いやらしいものに見えた。

デンドロビウムに対する二人のあいだのこの微妙な齟齬は、物語の帰趨を、つまりは彼らの関係の帰趨を暗示しているかのようだ。のちに野口はみずからデンドロビウムの一鉢を買って政党本部に持ち込む。だが、「こんな独りよがりの老人の媚態」は、かづに「やや煩はしい感じ」を与えるばかりである。

『獣の戯れ』(昭和三十六年)は、西伊豆で五棟もの温室で花を育てる園芸家の女性をめぐる物語だが、三島はここでも花についてなかなかのウンチクを傾けている。たとえばこんなふうに。

芒《すすき》に似た葉を持つシンビジウムは、蘭特有の、空中にうかぶ唐突な幻のやうな花の姿が、その薄紫を刷《は》いたペタルと、黄いろ地に紫の斑点を散らしたリップも共々に、何だか、美の病気ともいふべきものに罹《かか》つた風情を見せてゐた。洋蘭には多かれ少なかれ、さういふ感じがあつた。

夏目漱石は、すでにその『虞美人草』(明治四十年、一九〇七年)において、小夜子を野草の「女郎花《をみなへし》」に、対するに藤尾を栽培種の「熱帯の奇蘭」にたとえているが、ここで洋蘭を「美の病気」と呼ぶ三島の眼差しは注目されていい。三島はさらにデンドロビウムやハワイ産アンセリウムやタイガー・テイルやアナナスの葉に言及している。ちなみに、ユイスマンスの『さかしま』が初めて澁澤龍彦によって桃源社から豪華本として訳出刊行されたのは、『獣の戯れ』刊行の翌年、昭和三十七年のことである。三島は澁澤に本を贈られた礼状(昭和三十七年九月九日)に、「待ちに待つた」この本について、「こんなに勝手放題な、しかも、百科事典的なたのしさにあふれた小説は、モビイ・ディックの鯨学に匹敵するものです」といみじくも書いている。「彼は昔から花々を渇愛していた」という一文で始まる『さかしま』第八章は、デ・ゼッサントがコレクトする蘭科の花々を含む「奇態な植物」群の描写で埋め尽くされているのだ(ちなみに、拙著『幻想の花園』(東京書籍、二〇一五年)のなかで私はこの「奇態」植物群について一章を割いて論じている)。三島はおそらくこの小説をまだ知悉せぬままに、物語の一つの隠喩としての蘭科の「美の病気」にすでに触れていたのである。
三島は、その「オスカア・ワイルド論」（昭和二十五年）のなかで、ホフマンスタールのワイルド論に言及し、獄舎へと駆られたワイルドの不幸な顚末に触れた彼のこんな言葉を引いている。「蘭の花をむしりとり、古代絹のクッションのなかで伸びてゐた彼の手足は、根本のところ、十人の囚人が先に這ひ出た不潔な湯水の入浴への、宿命的な憧憬にみちあふれてゐた」と。

蘭は、『豊饒の海』にも登場する。第二巻『奔馬』において、刑務所のなかで勲《いさお》は自分が女に変身した夢を見るが、その女体の執拗な描写にこうある。

美しくはりつめた双の乳房は、その威丈高な姿に、却つて肉のメランコリーが漂つてみえるのだが、はりつめて薄くなつた肌が、内側の灯を透かしてゐるかのやうに、照り映えてゐる。肌理《きめ》のこまかさが絶頂に達すると、環礁のまはりに寄せる波のやうに、けば立つて来るのは乳暈《にゆううん》のすぐかたはらだつた。乳暈は、静かな行き届いた悪意に充ちた蘭科植物の色、人々の口に含ませるための毒素の色で彩られてゐた。

夢のなかでいったいこんなにも微細に（近視法的に）対象を観察しうるのか、とサルトルとともに疑問を呈することもできるかもしれない。サルトルの『想像力の問題』（一九四〇年）によれば、イマージュは「準観察」の現象であって、知覚のように細々《こまごま》と観察し尽くすことはできないはずだからである。しかしこの女体のイマージュは、勲自身の意識のあずかり知らぬところで第三巻『暁の寺』の主人公月光姫《ジン・ジャン》に転生するための作者による布石であって、勲の夢のなかで乳暈の色として顕現した蘭は、今度はジン・ジャンの肌そのものにまで敷衍されるだろう。本多は、プール・サイドでジン・ジャンの裸身を目にする。

影のなかの片腕はブロンズのやうであるが、日にあらはれた片腕から肩は、磨き上げられた花櫚《くわりん》の肌のやうである。しかもその肌理のこまかさは、徒《いたづ》らに外気や水をはじくのではなくて、琥珀色《こはくいろ》の蘭の花弁のやうに潤うてゐる。

ほとんど恋慕していると言っていい本多のその「知覚」に現前する対象、ジン・ジャンの姿である。蘭は、ジン・ジャンに関してはあくまでも感性的な比喩的存在として用いられるが、その華やかにしてデカダンなありようは、ジン・ジャンの運命の帰趨を暗示することになるだろう。

花の名に関連して留意すべきは、『日本文学小史』の一節であろう。これは三島が自決の前年昭和四十四年八月と翌四十五年六月の二回にわたって雑誌『群像』に発表したもので、『古事記』、『万葉集』、『懐風藻』、『古今和歌集』を論じ、そして『源氏物語』について語り始めたところで唐突に中断されている。日本文学史を独自の視点から記述し直すという三島の目論見が、来たるべき死へ向かってはやる心のために未完に終わらざるをえなかった痛恨の試みであると言っていい。実際、私はこれほど独創的、これほど面白い日本文学史を読んだことがない。

「第一章　方法論」が三島の立場を旗幟鮮明に打ち出している。ここでも三島は内部と外部の問題にこだわっている。文学作品はわれわれの外部にあるのか、それとも内部にあるのか、と三島は問う。「文学作品とは、体験によつてしかつかまへられないものなのか。それとも名器の茶碗を見るやうに、外部からゆつくり鑑賞できるものなのか」と。つまるところ三島は、日本語の「すがた」の美しさがもっとも肝要なものであり、そうした「すがた」を生み出す「文化意志」こそが文学作品の本質だと主張する。そして「文化意志以前の深みへ顚落《てんらく》する危険を細心に避けようと思ふ」と言う。

「文化意志以前の深み」へと顚落させるもの、それはなによりも民俗学や精神分析である。「もともと不気味で不健全なものとは、芸術の原質であり又素材である。それは実は作品によつて癒やされてゐるのだ。それをわざわざ、民俗学や精神分析学は、病気のところへまでわれわれを連れ戻し、ぶり返させて見せてくれるのである。近代の世の中には、かういふ種明しを喜ぶ観客が実に多い」、と三島は書く。そして三島はもう一人、マルクスの名前を付け加えて、こう続ける。「マルクスとフロイトは、西欧の合理主義の二人の鬼子であつて、一人は未来へ、一人は過去への、呪術と悪魔祓ひを教へた点で、しかもそれを世にも合理的に見える方法で教へた点で、双璧をなすものだが、民俗学を第三の方法としてこれに加へると、われわれは文化意志を否定した文化論の三つの流派を持つことになるのである」と。マルクス主義、精神分析、そして民俗学。深みへの、内部への還元主義の断固たる否定である。これは、三島自身の作品に対するあまたの還元主義的「種明し」への断固たる態度表明でもあろう。すべては外部への、表面への、形式への、つまりは「すがた」への意志にかかっている。それこそが「美」を決定するからだ。

三島は、しかし精神分析をモチーフに小説『音楽』を書いている。これをどう考えるべきだろうか。精神分析医《サイコ・アナリスト》汐見和順による、「女性の冷感症の一症例に関する手記」という体裁をとったこの小説は、精神分析に対する三島の尋常ならざる関心を感じさせないではいない。美貌の女性患者弓川麗子は、しかし精神分析理論にある程度通暁して自己分析し、治療のたびごとに先手を打ってもっともらしい物語を作り上げ医者を翻弄しその自信を失わせる。「症例」の原因をみずから知っているとしか思えないこの患者と医者との知的ゲームのような様相を帯びながら、最後に彼女の「言ひまちがへ」によって事は明るみに出て解決する。精神分析医は、こう述懐する。「突然私は、今まで麗子の言ひまちがへの意味に気づかなかつた自分の、分析医としての迂闊さに恥ぢ入つた。フロイトの「日常生活の精神病理」の中でも強調されてゐるやうに、言ひまちがへは、抑圧の根本原因を瞬時に露呈することがある」と。

三島は、小説の最後にわざわざ外国語の「参考文献」を挙げている。S・フロイト、W・シュテーケル、C・R・ロジャース、メダルト・ボス、エーリッヒ・フロム、K・A・メニンジャー、これらすべての著書が原語表記されているのだ。例の『書誌』のなかに、フロイトの『日常生活の精神病理』『ヒステリー研究』、シュテーケルの『女性の冷感症』、ボスの『性的倒錯』、メニンジャーの『こわれたパーソナリティー』などの訳書の存在は確認できるが、しかし三島自身がおそらくもっとも評価し、

「手記」のなかで分析医によって幾度も言及されるビンスワンゲルに関しては、巻末の「参考文献」にも『書誌』にも確認することができないのが不思議といえば不思議である。

そういえば『仮面の告白』のなかで、グイド・レーニの画像を前にした「私」の最初の《ejaculatio》に言及される際、「ヒルシュフェルトが倒錯者の特に好む絵画彫刻群の第一位に、「聖セバスチャンの絵画」を挙げてゐるのは、私の場合、興味深い偶然である」という言葉が挿入されていたことを想起しよう。ドイツの性の病理学者で同性愛の権利の擁護者として名高いマグヌス・ヒルシュフェルトの著作は、『仮面の告白』刊行の昭和二十四年にはまだ邦訳されていない。その『戦争と性』全四巻が邦訳刊行され始めるのは、昭和二十八年である。これは三島の蔵書のなかに確認できる。

ちなみに、スイスの精神病理学者ルートヴィヒ・ビンスワンガーの著書『精神分裂病』の邦訳は、『音楽』執筆時の昭和三十九年（一九六四年）以前、一九六〇年にすでにみすず書房から刊行されている。しかし『現象学的人間学』の邦訳が出たのは一九六七年である。分析医はこう述懐する。「私はふたたびビンスワンゲルによつて創始された「現存在分析《ダーザインスアナリーゼ》（Daseinsanalyse）」の精神病理学を思ひ出したが、それはハイデッガーやヤスパースの実存主義的存在論に啓示された学説とはいへ、根本は、それまでの精神分析学があまりにもわれわれの愛の体験に背馳し、科学的偏見に充ちてゐたことへの反動として、われわれ誰もが知つてゐる愛の体験の深さに、ふたたび素直に帰つてきて、人間を見直さうと試みる学問的努力に他ならない」と。三島自身の実存主義的存在論への共感を感じさせないではいない一節である。

『音楽』という小説は、まさに精神分析的な概念を意匠として巧みに駆使しながら、「愛の体験の深さ」を主題とする作品と言うべきである。しかし、この作品自体を精神分析することはできない。作品自体の還元主義的「種明し」は無意味である。

さて、『日本文学小史』のなかで、『古今和歌集』における百三十四首の春歌を論じた一節に私は注目したいと思う。「花」という一語だけで、三島はこの歌集の特色がわかるというのである。

すなはち花は、あの花でもこの花でもなく、妙な言ひ方だが極度にインパーソナルな花であり、花のイメージは約束事として厳密に固定されてゐる。花についての分析も禁じられ、特殊化、地域的限定（地方色）、種別その他も禁止されてゐる。ここには犯すべからざる「花」といふ一定の表象があり、「花」は正に「花」以外の何ものでもなく、従つて「花」と呼ぶ以上にその概念内容を執拗に問ふことは禁じられてをり、第一さういふ問は無礼なのである。詩的王国の花は、かくて、かすかな金属的な抽象性さへ帯びて見えるけれど、それは決して人工的な造花なのではなく、あらはな「真実」の花なのである。それが真実であることが保証されてゐる世界で、花を花以外の名で呼ぶことは、ルール違反であるばかりか、好んで真実を逸することになるのだつた。

小林秀雄は、その能楽論「当麻」(昭和十七年)において、世阿弥の『風姿花伝』(十五世紀初頭)を念頭に置きながら、「美しい「花」がある。「花」の美しさといふ様なものはない」と書いた。「美しい花」の個別的美的体験だけがあって「花の美しさ」というような観念性《イデア》はないという、西洋流の観念論的美学の否定へとつながる断言である。しかしはたしてそうか。「美しい花」には多少とも「花の美しさ」の観念性がつきまとっているのではないか。この「花」を、たとえば種別的に「桜」、「梅」あるいは「薔薇」に置き換えてみよう。そうすれば、小林の言葉のもっともらしさは消失するはずだ。たとえば、「美しい「桜」がある。「桜」の美しさといふ様なものはない」、とは決して断言できないだろう。

小林のこの議論を多少とも意識していたか否かは知らず、三島はまさにマラルメ的「花」の観念性を、紀元十世紀初頭に成立した日本の歌集にあえて適用しようとする。「花」の観念性の高らかな宣言である。「詩的王国の花」は「花」であればいいというわけだ。「人工的な造花」ではなく、それこそが生き生きとした「真実」の花であり、そしてとりもなおさず「文化意志」の一つのありようだということになろうか。一千年前の歌集へのこうした洞察を、三島自身の書き物に、その「フローラ」にまで敷衍すべきだろうか。三島は自分の小説においてはさすがに「花」とは言わずに、「酸模」と言い、「菊」と言い、あるいは「蘭」と言って、植物の「種別」にまで言及してはいる。辞書によって花の名前ばかり覚えたという少年時代の性向を、作家としての三島の全作品にそのまま敷衍して事足れりとすべきだろうか。

XI 松へのこだわり

三島の「フローラ」のなかでもとりわけ「薔薇」が特権的な位置を占めることはあらためて繰り返すまでもない。が、ここでもう一つの特権的とも言える存在、問題の「松」に戻ろう。

もうかなり前のことだが、私は奈良市郊外の円照寺《えんしょうじ》を訪ねたことがある。『豊饒の海』第四巻『天人五衰』のラストシーンに登場する月修寺のモデルとされている門跡寺院である。山門までの長いなだらかな坂道を歩きながら、私は三島の情景描写の精確さに舌を巻いたものだった。三島は小説に採り上げる場所や風景をあらかじめ綿密に実地調査することで有名だった。この文章のなかに、「松」が登場する。両側に松の多い道を山門へ向かって歩く、この輪廻転生の物語全体の傍観者あるいは目撃者たる八十一歳の本多繁邦の目を通して、こう描写される。

夏の草木の匂ひがあたりに充ちた。道の両側に松が多くなり、杖に凭《よ》つて見上げる空には、日が強いので、梢《こずゑ》の夥《おびただ》しい松笠のその鱗《うろこ》の影も一つ一つ彫刻的に見えた。やがて左方に、荒れて、蜘蛛《くも》の巣や昼顔の蔓《つる》のいつぱいからまつた茶畑があらはれた。

［中略］

道に落ちてゐる巨きな一つの松笠を拾ひ上げるのを口実に、又巨松の浮き根に休んだ。身内が痛く重く熱ばんで、疲労が発散できずに鋭く錆びた針金のやうに折れ曲つてゐる。拾つた松笠を綺《いら》うてゐると、涸渇し切つて開き切つた焦茶いろの弁の一つ一つが、強く逞《たくま》しく指に逆らつた。あたりにいくばくの露草があるが、花は烈日に凋《しぼ》んでゐる。若い燕《つばめ》の翼のやうに躍動した葉のあひだで、ごく小さい青紫の花が萎《な》えてゐる。背を委《ゆだ》ねてゐる巨松も、目が仰ぐ空の青磁いろも、掃きのこしたやうな雲の幾片も、ことごとく怖ろしいほどに乾いてゐる。

［中略］

沼があつた。沼辺の大きな栗の強い緑のかげに休んだのであるが、風一つなくて、水すましの描く波紋ばかりの青黄いろい沼の一角に、枯れた松が横倒しになつて、橋のやうに懸つてゐるのを見た。その朽木《くちき》のあたりだけ、かすかな漣《さざなみ》がこまやかに光つてゐる。その漣が、映つた空の鈍い青を擾《かきみだ》してゐる。葉末まで悉《ことごと》く赤く枯れた横倒れの松は、枝が沼底に刺つて支へてゐるのか、幹は水に涵《ひた》つてゐず、万目の緑のなかに、全身赤錆いろに変りながら、立つてゐたころの姿をそのままにとどめて横たはつてゐる。疑ひやうもなく松でありつづけて。

三島がこうした精緻な描写を続けながら、そこに『豊饒の海』第一巻『春の雪』の主人公松枝清顕のことを暗示していなかったとはとても考えられない。松枝《まつがえ》の姓は、文字どおり松の枝を意味するからである。沼の上に横倒しになった松とその枝のありようは、まるで松枝清顕の「輪廻転生」の帰趨を象徴しているようではあるまいか。松に対しては、三島はある種の思い入れ、あるいはこだわりのようなものを持っていたのではないか。

ちなみに、三島は、昭和十八年、すなわち十八歳の折に雑誌『文芸文化』に発表した「寿」というエッセイのなかで、次のような今様を「梁塵口伝集」から引いている。

松の木かげに立ちよれば

千とせの緑は身にしめる
松が枝《え》かざしにさしつれば
春の雪こそ降りかゝれ

「松が枝」も「春の雪」も、すでにここに登場しているわけである。ちなみに、『花ざかりの森』のなかには、「美は秀麗な奔馬である」という言葉も見えていた。ところが井口時男『蓮田善明 戦争と文学』（論創社、二〇一九年）も指摘しているとおり、『梁塵秘抄口傳集』（佐佐木信綱校訂、岩波文庫『梁塵秘抄』所収）巻十に見える今様は、

松の木かげにたちよれば、ちとせのみどりぞ身にしめる、むめがえかざしにさしつれば、春の雪こそふりかかれ

であって、「松が枝」ではなく「むめがえ」すなわち「梅が枝」にほかならない。誤写あるいは誤植でないとすれば、三島の「松が枝」という表現は「松の木かげ」に思わず引っ張られた結果とも推測されるが、まさにこの「言ひまちがへ」に松への三島の執拗なこだわりを象徴的に見てとったとしてもそれこそ間違いではないだろう。キ

ーンの伝えるエピソードも、してみれば少し違ったトーンを響かせてくれているように思える。

すでに『岬にての物語』にも松が登場する。断崖上の一本松の樹の下で若い恋人たちと少年の「私」が隠れんぼ遊びをするうちに、二人の姿が消える。断崖から海へ投身自殺を遂げたらしいことが暗示される「物語」である。重要なモチーフとしてここに登場した松は、「傘形《からかさなり》の松」と形容されているように、イタリアでおなじみの笠松であるらしい。ダンヌンツィオの『死の勝利』の影響がしばしば指摘される、三島の若き日の短篇小説だが、松のこんな「種別」にも影響が見てとれると言ってもいいのかもしれない。

三島は、允恭《いんぎよう》天皇の第一皇子、軽皇子を扱って、『軽皇子《かるのみこ》と衣通姫《そとほりひめ》』という小説を昭和二十二年に書いた。『古事記』と『日本書紀』とで微妙に異なる衣通姫伝説を折衷して脚色した、鮮烈な死に至る恋《リーベストート》の物語である。こんな一節もある。「川のほとりの亭々たる松の梢に下り立つたその羽色は、かの黒鷹と見紛ふべくもない雪白《せつぱく》であつた。邑人たちは息を呑んだ。白い鷹は厳そかに羽づくろひした。そしてもはや叫ばず、もはや飛び立つてゆかうともしなかつた」。この「異象」が物語の転機になる。

三島は、有間皇子を主題化したことはないが、『春の雪』の主人公の名前を松枝清顕としたとき、『万葉集』における有間皇子の「結び松」の歌を意識していなかったはずはあるまいと思う。「有間皇子のみづから傷《いた》みて松が枝を結びし歌二首」。

磐代《いはしろ》の浜松が枝を引き結びまさきくあらばまたかへり見む
家にあれば笥《け》に盛る飯《いひ》を草まくら旅にしあれば椎《しひ》の葉に盛る

（巻二、一四一、一四二）

有間皇子は孝徳天皇の子で皇位継承の有力候補であったが、父帝崩御の後、後を継いだ伯母斉明天皇の四年（西暦六五八年）に蘇我赤兄にそそのかされ謀反を企てて捕えられた。連行される折、紀州磐代の浜松の枝を結び、飯を椎の葉に盛って、自分の申し開きができて無事であるならば、再びこの結んだ松の枝を見ることができようと歌っている。このとき松は、祈願の対象としての霊的存在である。旅の途中であるから飯を椎の葉に盛って食べなければならない、というような悠長な話ではあるまい。この「飯」は、悲痛な願いの託された、いわば神饌であろう。

ところで、一本松といえば、『離宮の松』（昭和二十六年）も浜離宮公園の海辺の一本松の下での十六歳の少女の儚い思いを描いた短篇だが、ここでは松の「種別」には言及がない。アカマツかクロマツか、いずれにせよ日本で普通に見られる松であることは間違いない。三島は『アポロの杯』の「ギリシア・デルフィ」の項にも、「松はいたるところにある。多くは低いずんぐりした松である」と記している。

『潮騒』の歌島にも一本松は登場する。初江を待つ新治の目に岬が遠望される。「その頂きに立ちはだかり、残光を浴びてゐる一本の赤松の幹が、若者の視力に秀でた目にありありと映つた。急にその幹が光りを失つた。すると見上げる天頂の雲は黒み、星が東山《ひがしやま》の外れに煌《きら》めきだした」と。

いや、『金閣寺』において、渦巻く煙と炎に包まれる金閣寺を放火犯人の「私」が眺め下ろした場所も、まさに「赤松の木かげ」にほかならなかった。

『豊饒の海』第二巻『奔馬』の最後の場面で、勲《いさお》は、「けだかい松の樹の根方で……」とみずからの死場所を望むが、松の樹が一本も見当たらない崖の上で、日が昇るのを待つ余裕もなく、自決を余儀なくされたのだった。

日本は桜の国というのが自他ともに通り相場になっているが、志賀重昂の『日本風景論』(明治二十七年、一八九四年)は、そうした図式的見方を決定的なものにした新渡戸稲造の『武士道』刊行のすでに五年前に、そのことに異を唱えて、日本は松の国であることを力説している。「松や、松や、なんぞ民人の性情を感化するの偉大なる」と。桜はもとより美しく咲き、潔く早く散ることをもって日本人の心に訴えるけれども、風にも雨にも耐えられず、いたずらに散り乱れて泥まみれになることを日本人の性状の標準にしていいものだろうか、と志賀は問う。花はうつろうもの、松はうつろわぬものというわけで、志賀は松のうちに偉大な倫理的存在を見る。どんな過酷な状況においても常に緑を保ち毅然としたその姿に、節度と忍耐、不撓不屈の精神を感じるのである。松こそが人々の性情を感化する偉大な存在だというわけである。常盤木《ときわぎ》と言われる所以である。

松に焦点を当てて日本文学史を再記述することもできるかもしれないが、ここでは能との関係だけに触れるにとどめよう。能舞台の後座背面の鏡板《かがみいた》と呼ばれる羽目板には、必ずと言っていいほど松の樹が描かれている。これは、松が依代《よりしろ》となって神仏や霊が一時的に姿を現わす「影向《ようごう》」という概念の視覚化である。依代とは、英語で言えば《medium》に相当するだろう。それは、人間と神、人間界と異界の通路になる「媒介」ないし「霊媒」たることを示している。松は常盤木として偉大な倫理的存在であるばかりではない。それはまた偉大な霊的存在でもある。

松枝清顕という主人公の名前を設定したとき、三島がそのことに考え及ばなかったとは考えられない。『豊饒の海』という大長篇小説を書き始めたとき、その最終巻において、月修寺の山門へと至る坂道の途中で本多繁邦に目撃されることになる横倒しの松の姿まですでに視野に入れていたかどうかは確言できないけれども。

能舞台と言えば、三島は映画版『憂国』において、中尉とその妻の「愛の死」の場面を能舞台のようにあつらえた。しかし鏡板に当たる背景には松が描かれず、代わりに三島自身の手になる「至誠」という文字が大書されていた。これは二・二六事件で処刑される仲間たちへの中尉の「至誠」であり、また自決する夫に従う妻の「至誠」であると同時に、この物語を象徴し中尉夫妻に自決を余儀なくさせる「大義」を暗示する言葉でもあったろう。三島はあまりに伝統的な含意《コノテーション》を持つ松そのものを視覚的に誇示することを避けたわけだが、とはいえ三島はこの舞台の外の庭に雪に覆われた松の姿を束の間垣間見せることを忘れてはいない。

XII 死の様式

小説『憂国』とその映画版が、三島にとって来たるべき自決のための予行演習にほかならなかったことが結果論的に言えるとすれば、自決の二年前、『太陽と鉄』執筆刊行と同年の昭和四十三年に雑誌に連載した小説『命売ります』は、自死をめぐって展開される戯画的とも言うべきアイロニカルな物語である。

広告代理店に勤めるコピーライターの二十七歳の青年が、新聞記事を読もうとしたら活字がみんなゴキブリになって逃げてしまうという経験に耐えられなくなり、突発的に睡眠薬自殺を試みて失敗する。明らかに世紀末ウィーンの作家ホフマンスタールの『チャンドス卿の手紙（*Ein Brief*）』（一九〇二年）にモチーフを借りた出だしである。彼は会社を辞め、どうせ一度はないものと思った自分の命、いっそ誰かに買ってもらおうと「命売ります。お好きな目的にお使ひ下さい」という新聞広告を出す。次々と

「命の買ひ手」が現れるが、射殺からも薬殺からも吸血鬼の女（！）からも免れて生き延びる。関係した女はみんな死んでしまう。「武士道は死ぬことと見つけたり」という『葉隠』の美学を泰然自若と実践するうちに、「死」のほうが彼を避《よ》けてくれるのである。だがその彼も、みずからの没落への意志とまるで無関係のように、ある組織に執拗に命を狙われるようになって「死の恐怖」を感じるにいたる。警察署に駆け込んでも相手にされず、追い出される。「泣きたくなつて、咽喉《のど》の奥がひくひくしてゐた。星を見上げると、星はにじんで、幾多の星が一つになつた」というのが、この物語のオチである。

若者向きの雑誌での連載という性格上、三島が「死の観念」と軽く戯れたとも言える小説だが、それにしてもこの結末は印象的である。登場人物の一人の女のように、「あんたは、わかつてるわ、あんたは死ぬことに疲れたんだ」といみじくも言うべきだろうか。それとも三島はさまざまな死との戯れを素描しながら、徹頭徹尾意志的な自死のみが真に死に値するものであることを確認しようとしたのだろうか。

もう一つ、三島が死との戯れをかたちにした試みがある。昭和四十五年九月末から一ヶ月半かけて篠山紀信に撮らせた『男の死』である。「男の死」というタイトルは、澁澤龍彦の責任編集になる雑誌『血と薔薇』(それにしてもまたこれはなんと三島的な雑誌名だろう! ロジェ・バディム監督の同名の映画(一九六〇年)の影響の窺われるタイトルでもあるが、巻頭の澁澤の「『血と薔薇』宣言」にはこの映画への言及はない。) 創刊号(昭和四十三年、一九六八年)のグラビア特集ですでに用いられていたものだ。「エロティシズムとは死にまで高められた生の讃美である」というバタイユの言葉とともに、ここには幾人かの写真家による「男の死」の諸相が揚げられていた。ちなみにそれらは、澁澤龍彦をモデルとする奈良原一高の《サルダナパルスの死》、中山仁をモデルとする細江英公の《オルフェの死》、三田明をモデルとする、同じく細江英公の《決闘死》、土方巽と萩原朔美をモデルとする深瀬昌久の《情死》、土方巽をモデルとする早崎治の《ピエタ》と《キリストの昇天》で、そこに篠山紀信による三島をモデルとする例の《聖セバスチャンの殉教》と《溺死》という二点の写真が含まれていたのである。

この創刊号には、また同時に三島の《All Japanese are perverse》というエッセイが掲載されていた。異性愛の男女関係、同性愛の同性同士の関係、サディストとマゾヒストの関係の三種の関係性の(サドの『ソドム百二十日』さながらの)あらゆる順列組み合わせを俎上にのせるという驚くべき精緻な考察である。三島は、しかしみずから一身で体現する、まさに《perverse》としか言うほかはないコンセプトにこだわり続けたとおぼしく、自決の直前、わずかに残された時間の合間にまた篠山にさまざまな「男の死」を演じる自分の姿を撮らせたのである。

その全貌は、この日本においてではなく、ニューヨークのリッツォーリ書店からようやく二〇二〇年になって写真集『YUKIO MISHIMA: THE DEATH OF A MAN／OTOKO NO SHI』が刊行されて初めて明らかになった。三島は、なぜかはじめ横

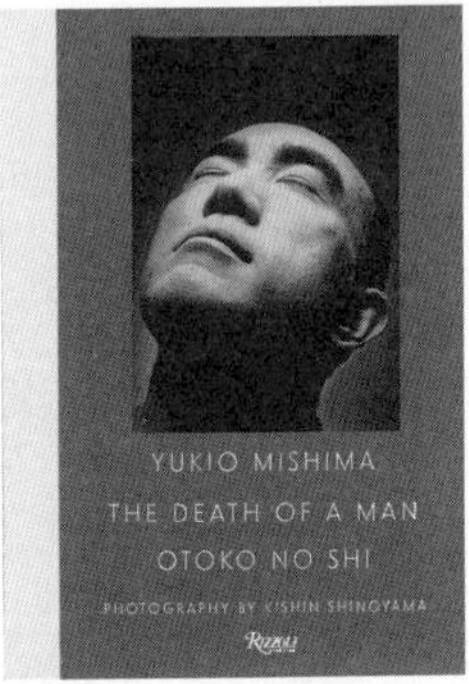

上：『YUKIO MISHIMA: THE DEATH OF A MAN／OTOKO NO SHI』（写真：篠山紀信、リッツォーリ書店、2020年）
下：篠山紀信《溺死》

尾忠則との共演にこだわり、足の病で入院中の横尾を急き立てて撮ったらしい三点の奇妙な写真が含まれている。横尾は、この写真集に収められた文章のなかで、こう述べている。「なぜ三島が私を共演者に求めたかは、理解しがたいが、日本には自殺に際して、道連れという死の様式があるが、「男の死」という三島流芸術行為を全うするためには共演者が必要であったのかもしれない」と。

しかし、もとより三島単独の写真こそ真の「男の死」を構成することは言うまでもない。ダンヌンツィオの「より深く俺を傷つける者こそ、より深く俺を愛する者なのだ」という、三島お気に入りの言葉をみずから実践するかのような、あるいはボードレールの"L'Héautontimorouménos"（われとわが身を罰する者）のように「傷にして刀」、「死刑囚にして死刑執行人」をみずから体現するかのような二十点ほどの写真が収められている。船上で鎖に両手を縛られ傷だらけの背中を見せる《船乗りの死》、腹に鑿《のみ》を突き立てた《自動車修理工の死》、剣で身体を貫かれた《決闘者の死》、吊り輪に片手でぶら下がる姿で射殺された《体操選手の死》、オートバイ事故で海辺に投げ出された無残な死体、出刃包丁を腹に突き立てる《魚屋の死》、飯場で喧嘩によって殺されたらしい《人夫の死》、有刺鉄線でぐるぐる巻きにされた虐殺死体、全裸で目隠しされて吊るされた死体、そして三島の死顔《デスマスク》など、すべて三島一人で演じきった

「男の死」の諸相である。

この写真集にはまた昭和四十三年の時点での幾点かの《溺死》や、昭和四十四年の国立劇場屋上での楯の会のパレードの記録写真も収められているが、注目すべきは最後に掲げられた六点の写真からなる白装束の《サムライの死》であろう。これらの写真の撮影が正確にいつなされたのかは明らかでないが、歌舞伎における武士の切腹シーンを正確に再現したかのようなその姿は、映画『憂国』における切腹シーンともども、儀式的自死への三島の異様なオブセッションを感じさせずにはいない。

松田修は、その『闇のユートピア』（新潮社、一九七五年）のなかで、三島の名前にはいっさい触れないままに、切腹を「死のバロキスム」と呼んだ。「死の様式が、死そのものをのみこむ聖逆説である」と。三島は、ここでまさに「死そのものをのみこむ」目眩く「死の様式」の実現にいそしんでいるのだ。いみじくも、十七世紀初期のバロック・オペラがイタリア語で《stile rappresentativo》（表象・提示・上演・演出の様式）と呼ばれたように、「死の様式」は、ひとえに「見せ」「見られる」ための「擬制」にほかなるまい。死のバロキスムは、もとよりまぎれもなく薔薇のバロキスムのひとつの「すがた」である。

しかし、この写真集には「三島の切腹と篠山紀信の介錯人」（安藤武『三島由紀夫

「日録」』未知谷、一九九六年）が収められていない。『午後の曳航』の英訳者たるジョン・ネイスンの『新版・三島由紀夫—ある評伝—』（野口武彦訳、新潮社、二〇〇〇年）に、三島の死後、篠山がこれらの写真をすべて公開する気になれなかったことに関して、こういう記述が見える。「篠山をいちばんたまらない気持にさせたのは、冗談のつもりで撮した一枚の写真だった。裸の三島が床に座り、下腹に短刀を突き立てている。そしてその背後に立ち、長剣をかざして介錯の合図を待っている人物は篠山紀信であった。いったい何ということを三島は考えつくことができたのだろう」と。「撮影されている期間に交された会話中ずっと、篠山が持った印象は、三島がこの計画に対して強硬なくらいに真面目だったということだった」、と著者は続けている。

三島が篠山紀信のスタジオを楯の会の制服姿の森田必勝とともに訪れ、「男の死」のシリーズの密着印画《コンタクトプリント》の最終的な選択を行なったのは、自決五日前の十一月二十日である。

この写真集に付せられた「篠山紀信論」（昭和四十三年）において、篠山の写真作品の「崩れる寸前の、熟れて落ちる寸前の、夕日のやうな〈危機のロマンティシズム〉」を三島は指摘しているが、この言葉は写真家に対してというよりはむしろほかならぬ自分自身に対して向けられたものであったと言うべきではあるまいか。

XIII 「動態」としての文化とその座標軸

昭和四十五年七月七日、自決の四ヶ月ほど前に、三島は「果たし得てゐない約束――私の中の二十五年」という文章をサンケイ新聞（夕刊）に発表している。「二十五年」とは、昭和二十年の敗戦から現在まで、『岬にての物語』から『豊饒の海』までの彼の戦後作家としての経歴すべてを指す。ところが三島はこう書き出している。

私の中の二十五年間を考へると、その空虚に今さらびつくりする。私はほとんど「生きた」とはいへない。鼻をつまみながら通りすぎたのだ。

驚くべき言葉である。死後、四十巻に及ぶ全集を遺すほどにひたすら書き続け語り続けてきたみずからの作家生活を全否定するかのような言葉である。それにしても、果たしえていない「約束」とはなにか。三島はこう書いている。

政治家ではないから実際的利益を与へて約束を果たすわけではないが、政治家の与へうるよりも、もつともつと大きな、もつともつと重要な約束を、私はまだ果たしてゐないといふ思ひに日夜責められるのである。その約束を果たすためなら文学なんかどうでもいい、といふ考へが時折頭をかすめる。これも「男の意地」であらうが、それほど否定してきた戦後民主主義の時代二十五年間を、否定しながらそこから利得を得、のうのうと暮らして来たといふことは、私の久しい心の傷になつてゐる。

三島は、「戦後」と「民主主義」という二つの言葉を自明のように結びつけて一般に言われる「戦後民主主義」なるものと「そこから生ずる偽善」に我慢できなくなっているのだ。「こんな偽善と詐術は、アメリカの占領と共に終はるだらう、と考へてゐた私はずいぶん甘かつた」と言う三島は、こう締めくくっている。

私はこれからの日本に大して希望をつなぐことができない。このまま行つたら「日本」はなくなつてしまふのではないかといふ感を日ましに深くする。日本はなくなつて、その代はりに、無機的な、からつぽな、ニュートラルな、中間色の、富裕な、抜目がない、或る経済的大国が極東の一角に残るのであらう。それでもいいと思つてゐる人たちと、私は口をきく気にもなれなくなつてゐるのである。

三島のこの予言はほとんど当たった。優に半世紀を閲《けみ》した現在の日本は、まさしく「無機的な、からっぽな、ニュートラルな、中間色の、富裕な、抜目がない」、まさにいよいよ「偽善と詐術」に満ちみちた経済的大国以外のなにものでもない。いや、私が「ほとんど」と言うのは、少なくとも「富裕な」という形容辞だけは、いまや明らかにこの日本に適合しなくなってきているからだ。いずれにせよ、実際、なお「それでもいい」、あるいは「それこそがいい」と思っている人たちがたくさんいるだろう極東の経済的大国なのである。

だが、ここで三島は「約束」の内実については具体的に言及しなかった。ただ、「作る者と作られる者の一致、ボードレエル流にいへば、「死刑囚たり且つ死刑執行人」たること」という暗示的な言葉が見えるばかりである。果たされるべき「約束」を見据えての覚悟の表現にほかなるまい。

三島は『文化防衛論』（昭和四十三年）において、「博物館的な死んだ文化」、「天下泰平の死んだ生活」、要するにすでに形成されたものとみなされた「静態」としての文化を否定し、「行動様式自体を芸術作品化する」日本の特殊な伝統が教えるように、みずからの行為においてフォルムを志向し形成する「動態」としての文化を主張する。『日本文学小史』における「すがた」の強調と軌を一にする主張であると言っていい。

そして三島はそこで「文化概念としての天皇」を論じ、「文化の全体性の統括者としての天皇」のイメージの復活と定位を唱えるのだが、しかしそれは、はるか昔、『古事記』に登場する神話的な天照大神あたりから、祭祀や詩筵を主催し、あるいは和歌集を勅撰し、王朝文化の「みやび」を体現するような天皇の理想化であって、じつのところ歴史上しかとは現実にほとんど存在したことのない超越的、理念的なイメージにほかならない。そのイメージは、橋川文三「美の論理と政治の論理」も指摘しているように、「幕末期国学者たちのいだいた天皇のそれに近い」（『三島由紀夫論集成』深夜叢書社、一九九八年）と言えるかもしれない。

三島はこう書いている。「国と民族の非分離の象徴であり、その時間的連続性と空間的連続性の座標軸であるところの天皇は、日本の近代史においては、一度もその本質である「文化概念」としての形姿を如実に示されたことはなかつた」と。ちなみに、この表現は、『暁の寺』における「阿頼耶識《あらやしき》」の説明、すなわち、「世界の一切を顕現させてゐる阿頼耶識は、時間の軸と空間の軸の交はる一点に存在するのである」という言葉を彷彿させずにはいない。『文化防衛論』と『暁の寺』の執筆時期は重なり合う。三島は、ありうべき天皇制に阿頼耶識の概念をまさしく重ね合わせていたのだろうか。

ともあれ、天皇の「時間的連続性」については説明するまでもあるまい。しかし「空間的連続性」とはなにか。「空間的連続性は時には政治的無秩序をさへ容認するにいたることは、あたかも最深のエロティシズムが、一方では古来の神権政治に、他方ではアナーキズムに接着するのと照応してゐる」と。どうやら三島は『小説家の休暇』のなかであげつらった日本人の「稀有な感受性」を、もっとも積極的なかたちでこの「空間的連続性」の概念に敷衍させているとおぼしい。それは、あたかも「薔薇こそは世界を包みます」と言わんばかりに、言論の自由はもとより、あらゆる政治的、文化的多元性をも受容する共時的な無差別的包括性、無限抱擁性の謂である。まさに「美の総攬者としての天皇」（橋川文三）を核とする美的天皇制というほかはない。座標軸としての美的天皇制。それが、欧米の立憲君主制的な近代天皇制と相容れないことは明らかである。

三島は、そもそも具体的存在としての現実の天皇を心から崇めたわけではなかった。『青の時代』（昭和二十五年）のなかに、三島はこんな一節を挟んでいる。「二人は天皇陛下がマッカーサー元帥を訪問した今朝の新聞の報道と写真を見て、偉丈夫の米国人のそばに並んだ矮小な君主の憐《あは》れさを、復員者としてどう感じたかといふ議論をやつたが、二人ともこの点については甚だ無感動であつた」。三島の現実的天皇観をさりげなく垣間見せる一節ではある。

『英霊の声』（昭和四十一年）において、神がかりの状態になった二十三歳の盲目の青年の口を藉りて、二・二六事件で処刑された将校の霊に、「などてすめらぎは人間《ひと》となりたまひし」と、昭和天皇への恨みを叫ばしめた三島である。敗戦の翌年一月一日、昭和天皇はみずからの神格性、正確には「現御神《あきつみかみ》」たることを否定する、じつのところ「人間」という言葉は一度も使われていない、いわゆる「人間宣言」を発した。それが当時の日本人にいかなる衝撃を与えたか、それがまさに「神の死」として受け止められたか否かは、われわれ戦後世代には実感すべくもないが、しかし現実の天皇が神であるなどと思っていた日本人は誰一人いなかったのではないか。ただ天皇という超越的国家理念のために、日本人は戦争で死んでいったのである。天皇のことさらな「人間宣言」は、そうした者たちへの裏切りである。三島の主張は、現行の天皇制の否定と言ってもいい。ましてや戦前のような軍国主義と一体化した天皇中心主義を復活させようなどと考えていたわけではまったくない。彼にとって「天皇」とは、まさに「統一原理」として要請された「死の太陽」にほかならなかったのである。

ところで、安藤武『三島由紀夫の生涯』(夏目書房、一九九八年)に注目すべき指摘がある。この「人間宣言」がなされたのは、天皇四十五歳の折であり、しかも天皇が「神の継承者」になったのは大正十年十一月二十五日の二十歳を迎えたときだった、と言うのである。ただし、この「神の継承者」という表現はいささか曖昧である。父帝大正天皇の健康状態の悪化により「摂政官」になったというのが正確であり、第百二十四代天皇として昭和天皇が即位したのは、もとより大正十五年十二月二十五日の大正天皇崩御後のことである。「天皇が神になられた日に、天皇が人間になられた年齢で、三島が人間の命を終われば、神となることが可能である」、と安藤は言う。十一月二十五日、四十五歳という数字をどう考えるかという問題への一つの驚くべき回答だが、なるほどさもありなんという気もする一方で、三島がはたしてそこまで考えていたかどうかは結局のところわからないとやはり言わざるをえない。そもそも具体的に昭和天皇の神性など、三島ははなから問題にしていなかったのではあるまいか。

その彼が、市ヶ谷のバルコニーでの演説を切り上げて総監室に戻る前に、「天皇陛下、万歳！」を三唱したとすれば、これ以上の悲痛なアイロニーはないと言わざるをえまい。「万歳三唱」は、明治二十二年二月十一日、大日本帝国憲法発布の日、明治天皇の馬車に向かって初めて行なわれたと伝えられるからである。その「行動様式」は、「文化概念としての天皇」とは相容れぬと言わざるをえない、まぎれもなく近代日本の天皇制の産物なのだ。

三島は『鏡子の家』を「私のニヒリズム研究」と称したけれども、三島の到達した地点はまことにニヒリスティックなものであったと言うほかはない。サラリーマンの清一郎は「世界崩壊」を信じながら現実社会で身を処していたが、三島は『太陽と鉄』のなかで端的にこう告白している。

私にもつともふさはしい日常生活は日々の世界破滅であり、私がもつとも生きにくく感じ、非日常的に感じるものこそ平和であつた。

ここで「平和」とは、「偽善と詐術」に充ちた「戦後民主主義」と呼ばれる日本の現状のことである。そして三島の深い絶望のうちに、その日が来た。

XIV 庭と海

　昭和四十五年十一月二十五日朝、三島は『豊饒の海』最終巻『天人五衰』の最後の原稿百四十枚を十時半頃に自宅に取りに来るように新潮社の編集者と約束をかわし、そして楯の会のメンバー四名と午前十時過ぎに家を出た。編集者は三島が家を出る前に原稿を取りに来ることはできなかったのである。そのあたりの経緯については、当の編集者小島千加子による「最後の電話——衝撃の日」（『三島由紀夫と檀一雄』ちくま文庫、一九九六年、所収）に詳しい。

　ところで、ドナルド・キーンによれば、すでにこの年の八月に、三島は『天人五衰』の終章の部分を「一気に書いた」とキーンに言い、「私の手の上に原稿を載せた」と証言している（キーン『日本文学史　近代・現代篇六』中公文庫、二〇一二年）。だとすれば三島はすでに自決の三ヶ月前に『天人五衰』を書き上げていて、キーンの言うように、「死の前夜に脱稿したものではない」ということになろうか。雑誌『新潮』昭和四十三年九月号から始まった『豊饒の海』第三巻『暁の寺』の連載は、四十五年四月号をもって終了し、すでに七月には単行本として刊行されていたから、三島は『新潮』昭和四十五年七月号から翌年一月号まで、都合七回にわたって連載されることになる最終巻の全原稿をわずか数ヶ月ほどで書き上げたことになる。しかし、三島は昭和四十五年十月三日付のキーン宛の最後から二番目の書簡に、「「天人五衰」は今ものすごい勢ひで書き進んでゐます」と記しているのだから、やはりこの時点でまだ執筆途中であって脱稿していたわけではなかったと認めなければなるまい。実際、キーンは自分の手の上に載せられた原稿をその場で開けて読んだわけではなく、したがってそれが終章の一部であったかもしれず、あるいはいったんは書き上げたように見せた原稿を、その後、三島が手を入れて自決前夜に文字どおり完成させたのかもしれず、あるいはこれがいちばんありそうにも思えるが、ひょっとしたらその終章の部分だけを先に仕上げてしまったのかもしれず、結局真偽のほどはわからないと言わざるをえない。いずれにせよ、まさに自決の朝に『豊饒の海』最終巻『天人五衰』終章の「完成」原稿は編集者の手に渡ったのだった。

三島が昭和四十三年五月から自決の年、昭和四十五年十一月まで、十四回にわたって雑誌「波」に連載した『小説とは何か』の十一回目に、こういう言葉がある。

「豊饒の海」を書きながら、私はその終りのはうを、不確定の未来に委ねておいた。この作品の未来はつねに浮遊してゐたし、三巻を書き了《を》へた今でもなほ浮遊してゐる。〔中略〕作品世界の未来の終末と現実世界の終末が、時間的に完全に符合するといふことは考へられない。ポオの「楕円形の肖像画」のやうな事件は、現実には起りえないのだ。

エドガー・アラン・ポオの短篇『楕円形の肖像』(一八四二年)は、画家が自分の美しい妻をモデルに肖像画を描き、「生き身そのまま」の作品が完成すると同時にモデルが死ぬという話である。三島の言う「作品世界の未来の終末」が『豊饒の海』の来たるべき完結であることは論を俟《ま》たない。しかし「現実世界の終末」とはなにか。ポオの小説は、作者―モデル―作品の三極構造の上に成り立っていた。作者たる画家は生き延びるのである。三島は、しかし、「現実世界」という表現でモデルと作者との差異を曖昧にしているように思える。それとも『豊饒の海』の登場人物たち、なかでも本多繁邦は三島のありうべき分身であろうから、作品の観念世界の人物と作者との差異は問わないというわけだろうか。「現実世界の終末」の比喩としてポオの小説を引き合いに出すのは、やはりいささか不的確であると言わざるをえまい。

いずれにせよ、第三巻『暁の寺』を擱筆したのは昭和四十五年二月であるから、三島はまだこの時点で最終巻の物語の帰趨を、その「未来」を「浮遊」させていたということになろうか。昭和四十四年二月二十六日に「毎日新聞」(夕刊)に発表した「「豊饒の海」について」という文章において、三島はこれを『浜松中納言物語』に依拠しながら「夢と転生がすべての筋を運ぶ小説」として構想し、第一巻『春の雪』を「たわやめぶり」あるいは「和魂《にぎみたま》」の小説、第二巻『奔馬』を「ますらをぶり」あるいは「荒魂《あらみたま》」の小説、第三巻『暁の寺』を「奇魂《くしみたま》」の小説、そして第四巻を「幸《さき》魂《みたま》」へみちびかれゆくもの」というふうに配列したと述べている。

問題は、この「幸魂」という言葉で、現に書き上げられた第四巻『天人五衰』の透は偽の転生者として設定され、二十歳で自殺未遂で失明し、自分より五つ年上の「醜い狂女」と結婚し、まさに堕天使の様相を帯びるにいたるのだから、確かにいささかそぐわない表現というほかはない。三島は、どこかの時点でみずからの構想を変更したということになるだろうか。しかし、「浮遊」は、「作品の未来」についてだけで、三島自身の「未来」を直接に指して言われているわけではない。

井上隆史『三島由紀夫 幻の遺作を読む』（光文社、二〇一〇年）は、三島の残した「創作ノート」などの緻密な考証から、「幸魂へみちびかれゆくもの」とは「真逆の結果」を生み出した三島の、ありうべき「もう一つの『豊饒の海』」の可能性をかたちにしてみせるという労作である。しかしいずれにせよ、仏教的な輪廻転生自体が、そもそも神道的な「幸魂」という概念とは相容れるものではないことに注意しよう。『葉隠入門』のなかで、じつに三島はこう書いていた。「仏教の教へるやうな輪廻転生の、永久に生へまたかへつてくるやうな、やりきれない罪に汚染された哲学」と。すでに『春の雪』を刊行し、『奔馬』執筆中の言葉である。本多は、「滔々たる「無我の流れ」であるところの阿頼耶識《あらやしき》」を「輪廻転生の主体」と見るわけだが、「解脱」とは永久の輪廻転生から解放されることではないのか。輪廻転生の物語の破綻ないし無化は、それゆえ必ずしもそれ自体で「大破局《カタストロフィー》」を意味するわけではあるまい。三島は、先の昭和四十五年十月三日付のキーン宛の手紙のなかで、こう書いているのである。「殊に第四巻の幸魂は、甚だアイロニカルな幸魂で、悪（自意識の悪）が主題ですが、最後の最後の本多の心境は、あるひは幸魂に近づいてゐるかもしれません」と。「幸魂」の構想自体の変更を含意する言葉ととるべきだろうか。いずれにせよ、われわれの前には、実際に書きあげられた『天人五衰』があるばかりである。

『天人五衰』の最後は、『豊饒の海』第一巻『春の雪』のヒロインがかつて得度式を行なって門跡となっている奈良の月修寺を、物語全体の傍観者あるいは目撃者たるいまや年老いた本多繁邦が六十年ぶりに訪れる場面である。しかし、門跡の若き日の激しい恋の相手、本多の親友、松枝清顕について、老いても美しさの少しも変わらない彼女は、なにも覚えていないと言う。「松枝さんといふ方は、存じませんな」。「お名を聞いたこともありません。そんなお方は、もともとあらしやらなかつたのと違ひますか?」と。本多は愕然とする。もしそうだとすれば、次々と輪廻転生する若者たちの人生も、そして『暁の寺』あたりから覗き屋の性向をあらわにし、『天人五衰』では「元裁判官の八十歳の覗き屋」として週刊誌の記事になるほどに頽落しながらひたすら見ることに徹して、彼らの人生を眺め続けてきた目撃者・認識者としての自分の役割も、まったく無意味なものと化すからである。沼に横倒しになったあの松の樹とその枝のありようが暗示していたのかもしれないように、『豊饒の海』という全四巻の膨大な物語も、そして輪廻転生と薔薇との観念連合もまた無に帰すというほかはない。愕然とする本多に対して門跡は言う、「それも心々《こころごころ》ですさかい」と。まるで『暁の寺』におけるあの晦渋な唯識論の説明をたった一言で要約するかのように。そして門跡は本多に「折角おいでやしたのやし、南のお庭でも御覧に入れませう」と言う。

ところで、三島は自決の二年前、昭和四十三年に、「西洋の庭園と日本の庭園」についての比較芸術論的なエッセイを発表している（「仙洞《せんとう》御所」序文）。前年八月にかつての上皇の御所を訪れた記録である。真にヨーロッパ的な庭園構造を代表するものとしてのヴェルサイユ庭園を念頭に置きながら、西洋の庭園が、侵食する時間の要素を除去して、歴史を幾何学的空間の中へ閉じ込め密封し停止させてしまうのに対し、日本の庭園は「時の庭」と言ってもいいほどに時間の流れを導入している、というのがその趣旨である。西洋庭園の噴水は、一定のかたちを持ったいわば彫刻であるのに対し、日本庭園の滝や渓流は流れ、あるいは池に架かる橋は建築におけるもっとも時間的な要素として可逆的に此岸と彼岸とを結ぶ。その意味で、日本の庭は、「終らない庭」、「果てしのない庭」である。そして三島は、日本庭園の「体験」において、「ああ、自分は記憶を求めてゐるのだな」と気づくと言うのである。

ところが、『天人五衰』は、こんなふうに終わっている。

この庭には何もない。記憶もなければ何もないところへ、自分は来てしまつたと本多は思つた。

庭は夏の日ざかりの日を浴びてしんとしてゐる。……
「豊饒の海」完。

そして三島は、これに昭和四十五年十一月二十五日と書き添えている。物語の完結の日が、またみずからの命日となった。

日本庭園に「記憶を求めてゐる」と書いた三島が、いまや「この庭には何もない。記憶もなければ何もない」という、まるでポオの「大鴉（*The Raven*）」を思わせる境位に立っている。ちなみに、詩作過程に関する論文『構成の哲学』（一八四六年）においてポオは、「大鴉」がいささかも偶然や直観に帰せられることなく、「数学の問題のような正確さと厳密な一貫性をもって完成された」次第を物語り、結末から発端へ向かって逆行するという、その独特の詩学を主張する。注意すべきは、この詩学が、「単一《ユニティ》」からの拡散と復帰という概念軸によって宇宙創成を論じたあの『ユリイカ』（一八四八年）においても、ほとんど同じように認められることである。詩的宇宙論《コスモロジー》としての『ユリイカ』を基礎づけているのは、作品制作論としての『構成の哲学』なのだ。ならば、「神のプロット」にほかならぬ「宇宙」における「一貫性」とはなにか。ポオはこう書いている。「最初のものの根源的な単一状態には、次代のすべてのものの続発すべき原因が潜んでいる、とともにそれらのものの必然的な破滅の萌芽も潜んでいる」と。私は拙著『形象と時間』（一九八六年）のなかで、これを「崩壊の詩学」と呼んで一章を割いて論じているが、すべては崩壊という「結末」へと向かっていくというわけである。

三島は、「知性の断末魔」（『ポオ全集』「月報」東京創元新社、昭和三十八年）という文章において、ポオについて「そこに詩が存在しなかつたら、すべてが崩壊するから、いい仕方なしに詩が生れる」といみじくも書いている。「それは強ひられた詩であり、知性の断末魔みたいなものだ。従つてポオの小説がいかに道具立豊かであらうとも、その道具立は、すみずみまで、不毛の特色を発揮するやうに仕組まれてゐる」と。まるで自分自身の小説のありようを暗示するかのように。その小説において、みずからのあの日本庭園論を意識的に否定・無化するかのような「結末」は、最後の一句から書き始めなければならないというポオの詩学を実践するように始めから仕組まれたものだろうか。「死」というよりはまさに「無」という結末に向かってひたすら物語展開するように。

「何もない Nevermore」ことの強調で終わるこの長篇物語のタイトルは、考えてみれば、月の一つの「海」の名称と同じであった。「豊饒」とは名ばかり、それはじつのところいかなる生命も水も空気もない、乾ききったまさに不毛の砂漠たる「海」なのである。ちなみに三島は、昭和四十四年四月の「「豊饒の海」について」という短文において、そのタイトルが「月の海の名のラテン語の訳語」であると明言し、「この小説の荒涼たる結末」という表現を用いている。「天人五衰」に触れた、例のキーン宛の手紙（昭和四十五年十月三日、ここでは「三島幽鬼尾　鬼院先生侍史」となっている）にも、こうある。

「豊饒の海」は月のカラカラな嘘の海を暗示した題で、強ひていへば、宇宙的虚無感と豊かなイメージとをダブらせたやうなものであり、禅語の「時は海なり」を思ひ出していただいてもかまひません。

この結末の付け方についてはいろいろな解釈があるようだが、三島が昭和四十年に『春の雪』の連載を始めたとき、すでに『豊饒の海』第一巻と明記し、しかもすでにその「後註」に、「その題名は、月の海の一つのラテン名なる Mare Foecunditatis の邦訳である」と明記していたのだから、いずれにせよ「宇宙的虚無感」を感じさせる結末を初めから想定していたことは否定すべくもあるまい。

いや、初めからというなら、三島は少なくともすでに終戦の時から、この「豊饒の海」という表現にこだわり、それを密かに保持し続けていたとおぼしい。安藤武『三島由紀夫「日録」』の昭和21年1月9日の項に、三島の詩集の出版を企画した編集者斉藤吉郎に宛てた三島のこんな文章が引かれている（ちなみに、この書簡は『決定版三島由紀夫全集』38「書簡」には収められていない）。「この詩集には、荒涼たる月世界の水なき海の名、幻耀の外面と暗黒の実体、生のかがやかしい幻影と死の本体とを象徴する名『豊饒の海』といふ名を与へよう、とまで考へるやうになりました。詩集『豊饒の海』は、三部に分れ、恋歌と、思想詩と、譚詩とにわかれます。……」。詩集は出版されることはなかったが、この表現と発想は執拗に持続する。

それにしても、この月修寺の「何もない」庭は、「カラカラな嘘の海」の見やすいメタファーなのだろうか。なぜ庭が海と結びつくのか。ここで思い出されるのは、すでに奥野健男『三島由紀夫伝説』（新潮社、一九九三年）の指摘にもあるように、三島由紀夫の筆名による処女作『花ざかりの森』だ。異なった時代を生きる祖先たちのエピソードを綴った作品だが、いささかそのタイトルとは裏腹に、全篇を貫くのは、むしろ海への憧れと死の予感である。そしてここでも最後に、語り手たる「まらうど」はひとりの老婦人に案内された海の見える庭で、「生《いのち》がきはまつて独楽《こま》の澄むやうな静謐、いはば死に似た静謐」を感じるのである。庭と海、そして死は、作家としての生涯を貫く観念連合であると見るほかはない。『豊饒の海』という壮大な物語の結末は、確かに小説家三島由紀夫の処女作への回帰ともいうべき様相を帯びているのである。

こうした「虚無」のなかに、三島は自分の存在を自死というかたちで投じたのだ。『廃墟の朝』では「実在」と、『薔薇と海賊』では「世界」と等置される薔薇は、『金閣寺』においては他者の肉体を目にしての比喩にほかならなかった。林檎は、『太陽と鉄』において、直接に三島自身の肉体の比喩として用いられた。両者は別ものではないが、しかし完全に一致するわけでもない。この微妙な差異のうちに、三島の肉体論はある。「表面それ自体の深み」に小刀を入れるには、まずもって林檎の果肉のイメージが必要であったのかもしれない。

敗戦によって美しい夭折の夢を奪われた三島は、美しい夭折者たちの輪廻転生の、あるいはむしろより正確には、ジン・ジャンがそう思っていたらしいように「生れ変り」の、壮大な物語を、そしてその物語の最終的無化という驚くべき物語を架構し、それを仏教的なまぎれもないニヒリズム、「宇宙的虚無感」のうちに投げ出すかたちで小説家としての生を終えた。しかし現実の三島は、みずから悲劇的なものを引き受けるかのように、伝統的にして儀式的な割腹自決という一つの「フォルム」を、「すがた」を体現した。その悲劇性は、不条理に弄ばれるギリシア的な「運命悲劇」でもなければ、性格・気質に由来するシェイクスピア的な「性格悲劇」でもない。それはひたすらみずからの意志で創り上げ、肉体と死と、そして美をめぐって紡ぎ続けてきた「作者」としての言葉を全うし、そして「見られる」擬制を演出するかのように、無理やり強引にみずからに引き寄せた悲劇ともいうべきものであった。そこに『文化防衛論』や「檄」に記されたようなどのような文化的、倫理的、あるいは政治的な危機感から来る必然性を纏わせようとも、この極端に昂揚した、バロック的な、あまりにもバロック的な自死を説明しきれるものではない。それはいわば広漠たるニヒリズムの「海」に垂直に立ち上がった、「表面それ自体の深み」に顕現した、一回限りの鮮烈な「フォルム」にほかならなかった。

市ヶ谷の総監室で現実に「果肉の闇」に小刀が突き立てられたとき、三島の瞼の裏にも日輪が、あの「死の太陽」が赫奕《かくやく》と昇ったかどうかは、誰にもわからない。少なくとも、三島の肉体は、あの錬磨されたみずからの筋肉によって斬り割かれることで、文字どおり薔薇のバロキスムを体現し、そしてまた観念の薔薇の花を咲かせることとはなった。

結　「お祝いには赤い薔薇を」

ジョン・ネイスンによれば、三島自決の翌々日、平岡家は三島の霊に焼香しにくる弔問客に開かれた。一人の弔問客が白薔薇の花束を持って訪れ、三島の遺影を見上げていると、母の倭文重《しずえ》がうしろからこう声をかけたという。

「お祝いには赤い薔薇を持って来てくだされば ようございましたのに。公威がいつもしたかったことをしましたのは、これが初めてなんでございますよ。喜んであげてくださいませな」

倭文重の言葉は、三島由紀夫への最高の慰霊であり言祝ぎであるばかりではない。それは、また本書の核心を貫く言葉でもある。

あとがき

本書を書き終えて、長いあいだの懸案の書物をようやく形にすることができたという気持ちである。三島由紀夫は、私にとってほとんど同時代人の作家であった。もちろんまぎれもなく年齢差はあるが、その作品、その行動の一つひとつが、その都度私の琴線に、「感受性」に触れるという意味で、三島は、あえてもう一人名前をあげるとすれば安部公房と並んで、戦後作家のなかで突出した存在だった。

その三島を論じること、論じようと試みることは、容易に見えてまた困難な作業でもある。世におびただしく三島論があふれ、そのすべてに目を通したわけではもちろんないが、私が読みえたかぎりでは、いずれの論考もおおよそ力作で面白く読みごたえがある。そうした面白さは、なによりもまず三島という存在自体から来るところが大きいので、三島を論じてつまらなくなるはずはない、あってはならないとさえ言うこともできるかもしれない。三島由紀夫は、戦後作家のなかでとりわけ多くの人をいやおうなく惹きつけ、そしてあまたの言葉を誘発する、いわば「共通の場《トポス》」になっているのだ。

ところが、この「共通の場」を、あえて英語に直訳すれば《common place》、仏訳では《lieu commun》、独訳では《Gemeinplatz》となり、これらはいみじくも「決まり文句」「常套句」「月並みな表現」「陳腐な話題」という意味の慣用句である。いや、ことほどさように、三島を論じれば、それは誰かがもう言っている、聞いたことがある、論じつくされているということになりかねない。「困難な作業」とは、こうして屋上屋を架すことにならないように議論を進めることを指しており、三島論を試みる者は、多少ともそのことを覚悟してかからねばならないだろう。

私はこれまで三島について、拙著『文学の皮膚』(白水社、一九九七年)、『肉体の迷宮』(東京書籍、二〇〇九年/ちくま学芸文庫、二〇一三年)、『幻想の花園』(東京書籍、二〇一五年)などにおいて、ある程度採り上げてきてはいる。三島の死後三十年に当たる二〇〇〇年には、『三島由紀夫の美学講座』(ちくま文庫)という三島自身の文章を集めたアンソロジーを編んで「解説」を書く機会も得た。このアンソロジーは、昭和二十四年の「美について」から始まるが、そこで三島は、「美について私が日頃考へてゐることの断片的なノオトである。整理がついたらまとまつた評論の体裁に編むつもりだ」と書いている。そこに見える「精神に対する肉体の勝利」「美と死との相関」「現代に於ける美の政治に対する関係」といった言葉を、三島自身のその後の運命に惹きつけずに読むことは難しい。しかし三島は結局この「評論」をみずから編むことはなかった。『三島由紀夫の美学講座』を、その「評論」のひとつの代替物として位置づけることもできるかもしれないが、私はこの「解説」の最後に、「三島の仕事の全体を本書と関連づけながらとらえなおしてみなければならないと思っている」と書いた。「美学」というはなはだプロブレマティックな言葉と不即不離の三島由紀夫論をひとつの形にまとめること、それが私の長いあいだの懸案だったという所以である。

なかなか手につかなかったこの懸案に着手する最初のきっかけは、思いがけずイタリアからもたらされた。ローマに拠点を置く、ある日伊友好文化協会から三島についてのエッセイを頼まれ、三島の文学的想像力における植物的なものの意味について論じた私の「三島由紀夫のフローラ」と題する小論がイタリア語訳され、それが私の日本語原文とともにインターネットに挙げられるにいたり、そしてローマのある出版社から三島由紀夫論の書き下ろしの話が舞いこんだのである。本書の骨格に当たる三島論を四百字詰原稿用紙にして百二、三十枚ほど一気に書き上げたが、そのイタリア語訳の書物刊行を前に私の講演会が企画され、二〇二一年十一月二十五日、三島の死から五十一年目のまさに憂国忌当日に、北イタリアのモデナの国立アカデミーで「三島由紀夫――肉体の論理と死」と題する講演を行なうことにもなった。イタリア語訳の書物（*TRAFITTO DA UNA ROSA*, GOG Edizioni）は、二〇二二年七月に刊行を見た。

ローマと三島との関係については、もちろん本書でも採り上げているが、より広いパースペクティヴからローマの芸術を論じた拙著、「イタリアの憂国忌――あとがきに代えて」で結ばれる『ローマの眠り　あるいはバロック的遁走』（月曜社、二〇二二年）をご覧いただければ幸いである。

本書は、イタリア語版小著を核にしてはいるが、やはりイタリア人向けと日本人向けとでは言葉遣いも議論の委細もいささか異らざるをえない。量にして二倍以上、私の論点をほぼ余すところなく含む、実質的に書き下ろしと言っていい相貌もまったく新たな懸案の書物がようやく出来上がったという次第である。

三島の作品は、単行本、全集、文庫本と、いずれでも読むことができるが、本書での三島の引用は、基本的に『決定版　三島由紀夫全集』全四十二巻（新潮社、二〇〇〇

―二〇〇五年）に依る。

「決定版」と銘打つだけあって、これはまさに間然するところのない全集だが、それにしてもいささか驚いたのは、さすがに「年譜・書誌」の第四十二巻は別にして、どの巻にも最後の頁にこういう言葉が小さな文字で記されていることだ。「今日の観点から見ると、差別的な、あるいは差別的と受け取られかねない語句や表現があるが、著者の意図はそうした差別を助長するものではないこと、著者が故人であること等に鑑み、原則として底本どおりとした」と。近年、文庫本の最後などによく見かける言葉だが、まさか『三島由紀夫全集』にも見いだすことになるとは思いもよらなかった。三島の文章のどこに差別的な語句や表現があるのか、私にはどうしても理解できない。こんなに周到な、もっともらしい、用心深い言葉を目にしたら、「故人」三島はいったいどんな気持ちになるだろうか。ちなみに、昭和五十一年、一九七六年に完結した、同じ書肆の『三島由紀夫全集』全三十五巻には、こういう言葉は見当たらない。二十数年の時の経過のしからしめる業《わざ》ということになろうか。「今日の観点から見ると」というわけである。「偽善と詐術」という三島の言葉を想起せずにはいられない、と言えば言い過ぎになろうか。「差別」という語が、そのうち美的判断そのものにも適用されることになりかねない、そんな事態の到来しないことを願うばかりである。

ともあれ、本書は幸いにも書き下ろしの文庫本という形で世に出ることになった。ちくま学芸文庫には、すでに拙著『幻想の地誌学』、『鏡と皮膚』、『美学の逆説』、そして『肉体の迷宮』の四冊が収められているが、本書もそのラインナップに加わることになったわけである。すべて筑摩書房編集部の大山悦子さんのひとかたならぬご尽力による。私の美学的営為を見守り続け、折に触れて美しい文庫本の形式にまとめる機会を与えてくださった大山さんに、あらためて心より御礼申し上げる次第である。

本書を形にするにあたって、幻想的な静物画を描き続けた画家、故塩崎敬子さんの素晴らしい作品を表紙に用いることがかなった。三島を意識した薔薇の絵をモチーフに、鈴木成一氏によるカバーデザインによって、本書がそのタイトルに、そしてその「内面」にふさわしい「外面」を得られたであろうことに感謝したい。

二〇二三年　初春　　谷川　渥

本書は、二〇二二年にイタリアで刊行された*TRAFITTO DA UNA ROSA*, GOG Edizioniを核にして、ちくま学芸文庫のために書き下ろされた作品です。

戦後日本漢字史　阿辻哲次

GHQの漢字仮名廃止案、常用漢字制定に至る制度的変遷、ワープロの登場。漢字はどのような議論や試行錯誤を経て、今日の使用へと至ったか。

現代小説作法　大岡昇平

西欧文学史に通暁し、自らの作品においては常に事物を明晰に観じ、描き続けた著者が、小説作法の要諦を論じ尽くした名著を再び。（中条省平）

折口信夫伝　岡野弘彦

古代人との魂の響き合いを悲劇的なまでに追求した人・折口信夫。敗戦後の思想まで、最後の弟子が師の内面を描く。追慕と鎮魂の念に満ちた傑作伝記。

日本文学史序説（上）　加藤周一

日本文学の特徴、その歴史的発展や固有の構造を浮き上がらせて、万葉の時代から源氏・今昔・能・狂言を経て、江戸時代の徂徠や俳諧まで。

日本文学史序説（下）　加藤周一

従来の文壇史やジャンル史などの枠組みを超えて、幅広い視座に立ち、江戸町人の時代から、国学や蘭学を経て、維新・明治、現代の大江まで。

村上春樹の短編を英語で読む 1979～2011（上）　加藤典洋

英訳された作品を糸口に村上春樹の短編世界を読み解き、その全体像を一望する画期的批評。村上の小説家としての「闘い」の様相をあざやかに描き出す。

村上春樹の短編を英語で読む 1979～2011（下）　加藤典洋

デタッチメントからコミットメントへ——。デビュー以来の80編におよぶ短編を丹念にたどることで浮かびあがる、村上の転回の意味とは？（松家仁之）

江戸奇談怪談集　須永朝彦編訳

江戸の書物に遺る夥しい奇談・怪談から選りすぐった百八十余篇を集成。端麗な現代語訳により、古の妖しく美しく怖ろしい世界が現代によみがえる。

王朝奇談集　須永朝彦編訳

『今昔物語集』『古事談』『古今著聞集』等の古典から稀代のアンソロジストが流麗な現代語訳で遺した82編。幻想とユーモアの玉手箱。（金沢英之）

方丈記
鴨長明
浅見和彦校訂・訳

天災、人災、有為転変。そこで人はどう生きるべきか。この永遠の古典を、混迷する時代に生きる現代人ゆえに共鳴できる作品として訳解した決定版。

梁塵秘抄
植木朝子編訳

平安時代末の流行歌、今様。みずみずしく、時にユーモラス、また時に悲惨でさえある、生き生きとした今様から、代表歌を選び懇切な解説で鑑賞する。

藤原定家全歌集（上）
藤原定家
久保田淳校訂・訳

『新古今和歌集』の撰者としても有名な藤原定家自作の和歌約四千二百首を収録。上巻には私家集『拾遺愚草』を収め、全歌に現代語訳と注を付す。

藤原定家全歌集（下）
藤原定家
久保田淳校訂・訳

下巻には『拾遺愚草員外』『同員外之外』および「初句索引」等の資料を収録。最新の研究を踏まえ、現在知られている定家の和歌を網羅した決定版。

定本 **葉隠〔全訳注〕（上）**（全3巻）
山本常朝／田代陣基
佐藤正英校訂
吉田真樹監訳注

武士の心得として、一切の「私」を「公」に奉る覚悟を語り、日本人の倫理思想に巨大な影響を与えた名著。上巻はその根幹「教訓」を収録。決定版新訳。

定本 **葉隠〔全訳注〕（中）**
山本常朝／田代陣基
佐藤正英校訂
吉田真樹監訳注

常朝の強烈な教えに心を衝き動かされた陣基は、武士のあるべき姿の実像を求める。中巻では、治世と乱世という時代認識に基づく新たな行動規範を模索。

定本 **葉隠〔全訳注〕（下）**
山本常朝／田代陣基
佐藤正英校訂
吉田真樹監訳注

躍動する鍋島武士たちを活写した聞書八・九と、信玄・家康などの戦国武将を縦横無尽に論評した聞書十、補遺篇の聞書十一を下巻には収録。全三巻完結。

現代語訳 **応仁記**
志村有弘訳

応仁の乱——美しい京の町が廃墟と化すほどのこの大乱はなぜ起こり、いかに展開したのか。室町時代に書かれた軍記物語を平易な現代語訳で。

現代語訳 **藤氏家伝**
沖森卓也／佐藤信／矢嶋泉訳

藤原氏初期の歴史が記された奈良時代後半の書。藤原鎌足とその子貞慧、そして藤原不比等の長男武智麻呂の事績を、明快な現代語訳によって伝える。

古事談（上） 源顕兼編 伊東玉美校訂・訳

鎌倉時代前期に成立した説話集の傑作。空海、道長、西行、小野小町など、奈良時代から鎌倉時代にかけての歴史、文学、文化史上の著名人の逸話集成。

古事談（下） 源顕兼編 伊東玉美校訂・訳

代々の知識人が、歴史の副読本として活用してきた名著。各話の妙を、当時の価値観を復元して読み解く。現代語訳、注、評、人名索引を付した決定版。

古事記注釈 第四巻 西郷信綱

高天の原より天孫たる王が降り来り、天照大神は伊勢に鎮まる。王と山の神・海の神との聖婚から神武天皇が誕生し、かくて神代は終りを告げる。

風姿花伝 世阿弥 佐藤正英校注・訳

秘すれば花なり――。神・仏に出会う「花」（感動）をもたらすべく能を論じ、日本文化史上稀有な、奥行きの深い幽玄な思想を展開。世阿弥畢生の書。

不動智神妙録／太阿記／玲瓏集 沢庵宗彭 市川白弦訳・注・解説

日本三大兵法書の『不動智神妙録』とそれに連なる二作品を収録。沢庵から柳生宗矩に授けられ山岡鉄舟へと至る、剣と人間形成の極意。（佐藤錬太郎）

万葉の秀歌 中西進

万葉研究の第一人者が、珠玉の名歌を精選。宮廷の貴族から防人まで、あらゆる地域・階層の万葉人の心に寄り添いながら、味わい深く解説する。

日本神話の世界 中西進

記紀や風土記から出色の逸話をとりあげ、かつて息づいていた世界の捉え方、それを語る言葉を縦横に考察。神話を通して日本人の心の源にわけいる。

解説 徒然草 橋本武

『銀の匙』の授業で知られる伝説の国語教師が、「徒然草」より珠玉の断章を精選して解説。その授業実践が凝縮された大定番の古文入門書。（齋藤孝）

解説 百人一首 橋本武

灘校を東大合格者数一に導いた橋本武メソッドの源流と実践がすべてわかる！ 名文を味わいつつ、語彙や歴史も学べる名参考書文庫化の第二弾！

民藝の歴史　志賀直邦

モノだけでなく社会制度や経済活動にも美しさを求めた柳宗悦の民藝運動。「本当の世界」を求める若者達のよりどころとなった思想を、いま振り返る。

シェーンベルク音楽論選　アーノルト・シェーンベルク　上田昭訳

十二音技法を通して無調音楽へ――現代音楽への扉を開いた作曲家・理論家が、自らの技法・信念・つきあげる表現衝動に向きあう。（岡田暁生）

20世紀美術　高階秀爾

混乱した二〇世紀の美術を鳥瞰し、近代以降、現代すなわち同時代の感覚が生み出した芸術が、われわれにとって持つ意味を探る。増補版、図版多数。

世紀末芸術　高階秀爾

伝統芸術から現代芸術へ。19世紀末の芸術運動には既に抽象芸術や幻想世界の探求が萌芽していた。新時代への美の冒険を捉える。（鶴岡真弓）

鏡と皮膚　谷川渥

「神話」という西洋美術のモチーフをめぐり、芸術の認識論的隠喩として二つの表層を論じる新しい身体論・美学。鷲田清一氏との対談収録。

肉体の迷宮　谷川渥

あらゆる芸術表現を横断しながら、捩れ、歪み、時には傷つき、さらけ出される身体と格闘した美術作品を論じる著者渾身の肉体表象論。（安藤礼二）

武満徹エッセイ選　小沼純一編

稀代の作曲家が遺した珠玉の言葉。作曲秘話、評論、文化論など幅広いジャンルを網羅したオリジナル編集。武満の創造の深遠を窺える一冊。

高橋悠治　対談選　高橋悠治　小沼純一編

現代音楽の世界的ピアニストである高橋悠治。その演奏のような研ぎ澄まされた言葉と、しなやかな姿が味わえる一冊。学芸文庫オリジナル編集。

モーツァルト　礒山雅

彼は単なる天才なのか？　最新資料をもとに知られざる真実を掘り起こし、人物像と作品に新たな光をあてる。これからのモーツァルト入門決定版。

増補 現代美術逸脱史　千葉成夫

具体、もの派、美共闘……。西欧の模倣でも伝統への回帰でもない、日本現代美術の固有性とは。鮮烈な批評にして画期的通史、増補決定版！（光田由里）

限界芸術論　鶴見俊輔

盆栽、民謡、言葉遊び……芸術と暮らしの境界に広がる「限界芸術」。その理念と経験を論じる表題作ほか、芸術に関する業績をまとめる。（四方田犬彦）

ダダ・シュルレアリスムの時代　塚原史

人間存在が変化してしまった時代の〈意識〉を先導する芸術家たち。二十世紀思想史として捉えなおす、衝撃的なダダ・シュルレアリスム論。（巖谷國士）

奇想の系譜　辻惟雄

若冲、蕭白、国芳……奇矯で幻想的な画家たちの大胆な再評価で絵画史を書き換えた名著。度肝を抜かれる奇想の世界へようこそ！（服部幸雄）

奇想の図譜　辻惟雄

北斎、若冲、写楽、白隠、そして日本美術を貫く奔放な「あそび」の精神と「かざり」への情熱。奇想から花開く鮮烈で不思議な美の世界。（池内紀）

幽霊名画集　辻惟雄監修

怪談噺で有名な幕末明治の噺家・三遊亭円朝が遺した鬼気迫る幽霊画コレクション50幅をカラー掲載。美術史、文化史からの充実した解説を付す。

あそぶ神仏　辻惟雄

白隠、円空、若冲、北斎……。彼らの生んだ異形でかわいい神仏とは。「奇想」で美術の常識を塗り替えた大家がもう一つの宗教美術史に迫る。（矢島新）

デュシャンは語る　マルセル・デュシャン　聞き手ピエール・カバンヌ　岩佐鉄男／小林康夫訳

現代芸術において最も魅惑的な発明家デュシャン。謎に満ちたこの稀代の芸術家の生涯と思考・創造活動に向かって深く、広く開かれた異色の対話。

音楽理論入門　東川清一

リクツがわかれば音楽はもっと楽しくなる！ 楽譜で用いられる種々の記号、音階、リズムなど、鑑賞や演奏に必要な基礎知識を丁寧に解説。

プラド美術館の三時間
エウヘーニオ・ドールス
神吉敬三訳
20世紀スペインの碩学が特に愛したプラド美術館を借りて披瀝した絵画論。「展覧会を訪れる人々への忠告」併収の美の案内書。（大高保二郎）

土門拳 写真論集
土門拳
田沼武能編
戦後を代表する写真家、土門拳の書いた写真選評やエッセイを精選。巨匠のテクニックや思想を余すところなく盛り込んだ文庫オリジナル新編集。

なぜ、植物図鑑か
中平卓馬
映像に情緒性・人間性は不要だ。図鑑のような客観的視線を獲得せよ！　日本写真の'60〜'70年代を牽引した著者の幻の評論集。（八角聡仁）

絵画の政治学
リンダ・ノックリン
坂上桂子訳
ジェンダー、反ユダヤ主義、地方性……。19世紀絵画を、形式のみならず作品を取り巻く政治的関係から読み解く。美術史のあり方をも問うた名著。

人を賢くする道具
D・A・ノーマン
佐伯胖監訳
岡本明ほか訳
機械中心ではなく、人間中心のデザインへ。数値のグラフ化や商品陳列棚、航空機コックピットの設計等を例に、認知とデザインの関係をとく先駆的名著。

ゴダール革命〔増補決定版〕
蓮實重彦
「失敗の成功」を反復する映画作家が置かれ続けた孤独。それは何を意味するのか。ゴダールへのインタヴューなどを再録増補した決定版。（堀潤之）

美術で読み解く　新約聖書の真実
秦剛平
西洋名画からキリスト教を読む楽しい3冊シリーズ。新約聖書篇は、受胎告知や最後の晩餐などのエピソードが満載。カラー口絵付オリジナル。

美術で読み解く
聖母マリアとキリスト教伝説
秦剛平
キリスト教美術の多くは捏造された物語に基づいていた！　マリア信仰の成立、反ユダヤ主義の台頭など、西洋名画に隠された衝撃の歴史を読む。

美術で読み解く　聖人伝説
秦剛平
聖人100人以上の逸話を収録する『黄金伝説』は、中世以降のキリスト教美術の典拠になった。絵画・彫刻と対照させつつ聖人伝説を読み解く。

イコノロジー研究（上）
エルヴィン・パノフスキー
浅野徹ほか訳

芸術作品を読み解き、その背後の意味と歴史的意識を探求する図像解釈学。人文諸学に汎用されるこの方法論の出発点となった記念碑的名著。

イコノロジー研究（下）
エルヴィン・パノフスキー
浅野徹ほか訳

上巻の、図像解釈学の基礎論的「序論」と「盲目のクピド」等各論に続き、下巻は新プラトン主義と芸術作品の相関に係る論考に詳細な索引を収録。

〈象徴形式《シンボル》〉としての遠近法
エルヴィン・パノフスキー
木田元監訳
川戸れい子／上村清雄訳

透視図法は視覚とは必ずしも一致しない。それはいわばシンボル的な形式なのだ――。世界表象のシステムから解き明かされる、人間の精神史。

見るということ
ジョン・バージャー
飯沢耕太郎監修
笠原美智子訳

写真の登場で、人間は膨大なイメージに取り囲まれ、歴史や経験との対峙を余儀なくされた。見るという行為そのものに肉迫した革新的美術論集。

イメージ
ジョン・バージャー
伊藤俊治訳

イメージが氾濫する現代、「ものを見る」とはどういう意味をもつか。美術史上の名画と広告とを等価に扱い、見ること自体の再検討を迫る名著。

バルトーク音楽論選
ベーラ・バルトーク
伊東信宏／太田峰夫訳

中・東欧やトルコの民俗音楽研究、同時代の作曲家についての批評など計15篇を収録。作曲家バルトークの多様な音楽活動に迫る文庫オリジナル選集。

古伊万里図鑑
秦秀雄

魯山人に星岡茶寮を任され柳宗悦の蒐集に一役買った稀代の目利き秦秀雄による究極の古伊万里鑑賞案内。限定五百部の稀覯本を文庫化。（勝見充男）

新編 脳の中の美術館
布施英利

「見る」に徹する視覚と共感覚に訴える視覚。ヒトの二つの視知覚形式から美術作品を考察する、芸術論へのまったく新しい視座。（中村桂子）

秘密の動物誌
フォンクベルタ／フォルミゲーラ
荒俣宏監修
管啓次郎訳

光る象、多足蛇、水面直立魚――謎の失踪を遂げた動物学者によって発見された「新種の動物」とは。世界を騒然とさせた驚愕の書。（茂木健一郎）

ちくま学芸文庫

三島由紀夫《みしまゆきお》　薔薇《ばら》のバロキスム

二〇二三年五月十日　第一刷発行

著者　谷川渥（たにがわ・あつし）
発行者　喜入冬子
発行所　株式会社　筑摩書房
東京都台東区蔵前二―五―三　〒一一一―八七五五
電話番号　〇三―五六八七―二六〇一（代表）
装幀者　安野光雅
印刷所　星野精版印刷株式会社
製本所　株式会社積信堂

ISBN978-4-480-51180-5 C0170